OMÉGA SUR GLACE

OAK GROVE #4

ARIA GRACE
LORELEI M. HART

Surrendered Press

Oméga sur glace

Copyright © 2019 par Aria Grace & Lorelei M. Hart

Tous droits réservés.

Aucune partie de ce livre ne peut être reproduite sous quelque forme que ce soit ou par quelque moyen électronique ou mécanique, y compris sur des systèmes de stockage ou d'extraction d'information, sans la permission écrite de l'auteur, sauf dans le cas de l'utilisation de courtes citations dans une critique littéraire.

TABLE DES MATIÈRES

1. Damien	1
2. Justin	7
3. Damien	15
4. Justin	25
5. Damien	33
6. Justin	41
7. Damien	51
8. Justin	59
9. Damien	67
10. Justin	77
11. Damien	85
12. Justin	93
13. Damien	103
14. Justin	109
15. Damien	117
16. Justin	125
17. Damien	131
18. Justin	141
19. Damien	149
20. Justin	159
21. Damien	165
22. Justin	173
Du même auteur	179

1

DAMIEN

Je fixai le miroir et essayai de trouver la confiance en moi dont le club avait besoin avant ce match. Comme capitaine de l'équipe de curling, ils comptaient sur moi non seulement pour définir la stratégie de chaque bout, mais que nous gagnions ou perdions était habituellement déterminé par un de mes jets. Si c'était un simple match, je ne serais pas si stressé.

Mais ce n'était pas n'importe quel match.

C'était le premier tour des demi-finales qui pouvaient mettre le club de curling d'Oak Grove sur le chemin des Jeux Olympiques d'hiver. J'avais eu la meilleure saison de ma carrière et la pression était forte. Non seulement mon équipe s'attendait à ce que je fasse un match parfait, mais il y avait deux autres équipes qui avaient fouiné en me demandant d'envisager de rejoindre leurs équipes si elles se qualifiaient pour la finale.

« Tes cheveux sont parfaits, princesse. » Steve mit sa main sur mon épaule et regarda mon reflet dans le miroir. « On commence dans quelques minutes. Allons-y. »

« Va te faire. » Je pris une profonde inspiration et souris à mon meilleur ami. « Ce n'est pas parce que tout le monde va me regarder que tu dois avoir l'air aussi... rustique. »

« Rustique ? » Steve passa ses doigts dans ses cheveux et essaya de dompter la bête. « Tu es jaloux de mes belles boucles. »

Je grimaçai et me retournai en me dirigeant vers la porte du vestiaire. « La seule chose dont je suis jaloux c'est de ton incapacité à te soucier de ce que les gens pensent de ta tignasse. »

Steve rit et me suivit. « Ouais, ouais. Sors donc, que tes fans puissent sortir leurs cris et leurs beuglements et qu'on puisse enfin se concentrer. Le foutu gamin qui n'arrêtait pas de crier ton nom la semaine dernière m'a vraiment gonflé. »

« Ouais, désolé. » J'essayai de retenir un sourire, mais, chaque fois que je pensais à comment Steve avait trébuché et était presque tombé à plat sur le visage à cause d'un cri mal tombé, je voulais éclater de rire. C'était vraiment hilarant. « La sécurité m'a déjà dit qu'ils feront sortir tous ceux qui feront une scène. »

« Ne t'inquiète pas, mec. Tu as encore quelques minutes pour récolter des numéros. J'veux pas que tu rentres seul chez toi simplement parce qu'on a un boulot à faire. »

« Ne fais pas le malin. » Je passais devant la première rangée de gradins et des hurlements jaillirent de toutes les directions. « Tu as beaucoup plus besoin de te faire sauter que moi. »

« Non, je le fais tous les soirs. Tu ne profites jamais des fans qui se jettent à ton cou. C'est une opportunité gâchée après l'autre. »

« Ça va, merci. » Je n'étais toujours pas complètement à l'aise avec la célébrité et la réputation qui venaient avec le fait d'être dans l'équipe de curling gagnante, mais Steve avait raison sur une chose. J'avais un boulot à faire et je ne pouvais pas être distrait par les mecs mignons dans la foule. Il était toujours tentant de se faire un coup d'un soir avec une des groupies qui nous attendaient à l'extérieur du stade après les matches, mais je le faisais rarement.

Les coups d'un soir n'étaient pas vraiment mon truc. Un jour, je trouverai un petit ami, mais ce jour était loin. J'avais une carrière à laquelle penser et, si je voulais aller aux JO, je devais garder mon esprit sur le jeu. J'avais travaillé trop dur pour tout laisser filer pour un joli cul.

J'ENTRAI dans mon appartement et posai mon sac de matériel près de la porte. Je le viderai au matin. Pour le moment, tout ce que je voulais c'était tomber dans mon lit douillet et dormir dix ou vingt heures. Le match avait été serré et, à la fin, j'étais sûr que nous allions perdre. Heureusement, j'ai eu de la chance et ma pierre a obtenu les points gagnants, mais ma tête tambourinait, car j'avais serré les mâchoires si fort que, une heure plus tard, je ne voulais toujours pas ouvrir les yeux plus de quelques secondes à la fois.

Le prochain match était prévu pour mercredi soir, alors, après avoir dormi aussi longtemps que mon corps me le permettait, je retournerai au stade pour m'entraîner. Steve, Alic et Walter étaient tout aussi attachés à être aux JO que moi. Et même si cela voulait dire faire chier quelques équipes de hockey et des patineurs artistiques qui devaient partager leur temps sur la glace avec nous, nous avions prévu de profiter de chaque minute que nous pouvions avoir.

Il y avait trop en jeu.

La lumière rouge clignotait sur mon répondeur, mais je l'ignorai aussi pendant que je traînai des pieds vers la chambre. Dormir d'abord, m'occuper du reste du monde demain.

Avec la mémoire musculaire que tout athlète possède après avoir mis et enlevé son uniforme tout le temps, je retirai mes habits civils que j'avais mis après ma douche et tombai à poil sur mon matelas. Quelques noms et numéros étaient éparpillés sur le sol après être tombés de mes poches, mais je n'avais aucune intention d'appeler un de ces types. Si je n'étais pas toujours aussi poli, je n'aurais pas pris ces numéros pour commencer.

Mais c'était dur de prendre des risques et de demander un numéro ou de donner le sien. En fait, être rejeté pendant un moment d'une telle vulnérabilité était le pire sentiment au monde. Je le savais d'expérience et je m'étais promis de ne jamais être un connard envers quelqu'un qui essayait juste de pousser sa chance. Je n'avais jamais compromis mes principes pour être poli, mais j'essayais de laisser le type qui m'approchait repartir avec dignité et peut-être un peu d'espoir. Certains peuvent considérer ça comme salaud de faire marcher quelqu'un en n'ayant aucune intention d'appeler, mais je ne voyais pas ça comme ça.

Je voyais ça comme ma façon d'avoir une courte conversation avec une variété de types et, un jour, j'aurai peut-être la chance de rencontrer réellement M. Parfait. Je ne m'attendais pas à ce que ce jour arrive bientôt, mais j'aimais cette possibilité.

Cela rendait la solitude un peu plus facile à supporter.

2

JUSTIN

Pourquoi est-ce que j'avais accepté cette « soirée stade » ?

Rien de tout cela ne me disait que c'était une bonne idée. Rien.

Donner des amuse-gueules à moitié prix et des bières pas chères à un tas de hockeyeurs à la tête dure n'allait m'apporter que des ennuis. Pour être honnête, ce n'était pas tous des trous du cul d'alpha à la tête dure, mais ils s'y prenaient très bien pour faire croire à tout le monde que c'était le cas.

Entre leurs habitudes alimentaires répugnantes, leur comportement grossier et leur manque d'habileté à donner des pourboires, j'étais prêt à leur botter le cul. Je l'aurais fait si je n'avais pas signé le foutu accord de ventes croisées. La théorie était sensée. Nous aurons notre nom affiché partout dans le stade comme sponsor et, en retour, on ne les foutait pas dehors quand ils commandaient de la nourriture comme des barbares.

À ce moment-là, ils avaient mis en avant leur prometteuse équipe de curling comme principal bénéficiaire de cette camelote. Et, vraiment, qui avait un jour entendu parler d'une équipe de curling chahuteuse ? Même si mon expérience avec le curling s'étendait à savoir que le club local était important et c'était tout.

J'avais oublié le hockey. Notre équipe locale n'avait gagné aucun championnat, alors ils n'étaient dans l'esprit de personne. Merde, ils n'étaient invités nulle part pour autant que j'en savais. Mais, à les entendre, ils étaient les rois d'Oak Grove. *Fantastique*.

« Il m'en faut cinq autres. » Knox laissa tomber son plateau sur le comptoir.

« Je ne vais même pas demander quoi. » James avait besoin d'une pause dans cette folie et j'avais proposé mon aide. Ces types commandaient à la pression de toute façon, alors je n'étais pas coincé à faire des boissons élaborées toute la nuit. Je pensais que ça allait être facile. Comme j'avais été bête. « Cinq merdes à la pression. » Ce n'était pas le vrai nom, mais ça aurait tout aussi bien pu. La seule raison pour laquelle nous servions toujours ce truc était parce que... Je ne savais même pas pourquoi. Probablement un contrat quelconque dans lequel nous nous étions coincés quand nous commencions tout juste et que nous étions trop idiots pour avoir eu plus de jugeote. Je devais parler à Mitch de ça et de sa stupide promotion stade.

« J'me demande si je vais me faire au moins un dollar cette fois-ci. » Knox leva les yeux au ciel. « Ou juste les pièces et bouts de fils qu'ils sortent de leurs poches. »

« Ça va si mal ? » Je secouai la tête, déçu que mes gars ne soient pas bien traités.

Il hocha la tête. Nous donnions un salaire suffisant sans les pourboires, mais cela ne voulait pas dire que nos employés ne comptaient pas dessus. « Ça va. Mitch a dit que ça ramène des clients qui ne sont pas si nuls le reste de la semaine. »

Tant pis pour mon intention de convaincre Mitch de sortir de cette débâcle. Cela dit, il avait accepté ma rénovation de la terrasse extérieure, alors je devais probablement lui donner ça, même s'il avait fallu qu'il parte aujourd'hui.

« C'est parce que Mitch aime la vie de famille maintenant. » La jalousie pointa dans la voix de James quand il mit sa main sur mon épaule. Je la reconnus parce que je ressentais la même chose. Heureux pour mon frère et pourtant triste pour moi. « Merci, patron. J'avais besoin de m'échapper une seconde. »

« Ça va te choquer, mais je n'ai pas eu une seule fois à faire un cocktail. » Je fis un geste rapide et me dirigeai vers la cuisine. Ils étaient submergés de commandes de frites et d'oignons frits, les choses les moins chères sur le menu des amuse-gueules. Si nous finissions par garder cette promo une autre saison, investir dans une autre friteuse pourrait être une bonne idée.

Je passai dans la cuisine et fus fou de joie de voir que personne n'avait jeté son tablier et démissionné... pour le moment. « Salut, Saul. Comment ça va ? »

« Il va falloir commander plus de pommes de terre

après ce soir. » Il s'essuya le front avec le bandana autour de son cou. « À part ça, nous avons finalement mis en place un bon système. En fait, on a toujours de frites en cours et on a de l'avance sur les commandes. » Ce n'est pas quelque chose que j'aurais normalement laissé faire, mais, si cela empêchait la foule d'être des connards, j'étais d'accord. « Ce club de hockey mange comme s'il n'avait pas vu de nourriture depuis une semaine. »

« Tu devrais voir ce qu'ils boivent. » Allen arriva derrière moi et mit sa main sur mon épaule. Ce n'était jamais un bon signe que votre videur vienne vous chercher dans la cuisine.

« Un problème ? »

« Pas encore. Mais j'aimerais appeler Cal et peut-être Lenny, si tu es d'accord. On a un autre groupe de joueurs. Apparemment, on a les équipes de remplaçants en plus de l'équipe des pros dont on s'occupait. Ça fait beaucoup de… Eh bien, ça fait beaucoup de testostérone alpha ici et on n'est jamais trop prudent. » Allen ne voulait jamais de renforts. Et, vu qu'on avait gagné la solide réputation d'être un endroit sûr pour les oméga en faisant attention à ne pas faire rentrer de Chaleur, il n'en avait jamais eu besoin. S'il se sentait nerveux, il y avait une raison.

« Appelle-les. Je fais confiance à ton jugement. » Pour tout, sauf les films. Il m'avait recommandé plus que quelques films devant lesquels je m'étais endormi.

« D'accord. Et je sais que c'est censé être une bonne pub et tout, mais... »

« J'ai déjà prévu d'en parler à Mitch », le rassurai-je pendant qu'il composait les numéros sur son téléphone. Les gars allaient répondre. Il savait que, si Allen appelait, c'était important.

Je sortis mon propre téléphone et tapai un message à mon frère et copropriétaire, Mitch. Contrairement à nos fidèles employés, Mitch ne répondrait pas si j'appelais. Je doutais même que sa sonnerie soit allumée. *Il faut qu'on discute de la soirée stade. Il faut peut-être regarder le contrat d'un peu plus près.* J'appuyai sur envoi et le glissai dans ma poche en prenant une profonde inspiration. Je devais retourner dans le chaos.

Et c'était vraiment le chaos.

Apparemment, le reste du club de hockey s'était

pointé et, si j'interprétais correctement les choses, ils étaient arrivés au mauvais moment et on leur avait dit de rester debout. Cela avait plus l'air d'étudiants bizutant comme au cinéma que d'un groupe d'amis sortant boire un verre. Au moins, nos clients réguliers avaient revendiqué le patio avec l'aide de James. Il avait été assez malin pour le marquer comme réservé et pour les y envoyer quand ils arrivaient. James était vraiment doué dans son travail.

Maintenant, si nous pouvions nourrir les hockeyeurs et les faire partir sans que rien arrive, la vie serait belle.

3

DAMIEN

« Est-ce que tout le stade a eu le mémo ? » Je poussai un groupe d'idiots bruyants et énervants pour entrer dans le bar. Je n'avais pas de problèmes avec les hockeyeurs en général, mais ces types étaient des merdes sur et hors de la glace. Dès que notre club avait commencé à gagner des matches et à se faire remarquer par les commentateurs sportifs, ces types du hockey semblèrent faire une affaire personnelle de nous tourmenter.

C'était stupide, vraiment.

Nous sommes tous de la même ville, nous essayons juste de nous amuser un peu et d'amuser quelques fans. Ce n'est pas notre faute si nous réussissons mieux à amuser les fans qu'eux. Le dernier match des Chasers d'Oak Grove auquel je suis allé était en gros vide. Les meilleurs sièges du stade étaient à vingt dollars, ce qui était simplement embarrassant.

« Apparemment. » Steve indiqua une table dans un coin avec un groupe d'oméga qui étaient sur le point de partir. « Prenons une table et puis nous pourrons commander à boire. Je ne veux pas être à côté de ces trous du cul plus longtemps que nécessaire. »

Je hochai la tête et suivis Steve vers la table. Les trois oméga qui étaient en train de mettre leurs manteaux semblèrent en admiration dès qu'ils remarquèrent qui nous étions.

Le blond le plus proche de moi tendit la main et attrapa mon biceps. « Vous êtes Damien Marco ! Je suis un grand fan. » Il se tourna vers Steve et eut l'air d'être sur le point de se couvrir de crème. « Et Steve Bueller. On peut prendre une photo avec vous, les gars ? »

« Bien sûr. » Steve et moi nous reculâmes pour que les trois hommes puissent se draper autour et entre nous. C'était flatteur d'être admiré, mais plus qu'un peu bizarre. En fait, c'était vraiment bizarre et j'espérai qu'aucun des hockeyeurs ne le remarquerait. Ces idiots n'avaient pas eu de fans pour leur demander une photo depuis des années et, s'ils savaient que nous avions une suite d'oméga mignons, ils seraient probablement encore plus hostiles et agressifs que d'habitude.

« Vous êtes géniaux, les gars. » Le blond continuait à nous lécher les bottes alors même qu'il prenait un millier de photos. « Vous venez souvent ici ? J'aimerais qu'on reste, mais nos baby-sitters nous attendent. Mais, ouah, c'est vraiment dément. »

« Merci, et non, c'est la première fois qu'on vient ici. » Je regardai le personnel submergé et les clients chahuteurs. « Pas sûr que je revienne. »

Steve hocha la tête alors que nous nous extirpions de notre petite meute de groupies. « Si vous partez, les gars, on laissera un pourboire à votre place si on peut prendre votre table. »

« Vraiment ? » Un adorable rouquin serra les mains sous son menton et sauta de haut en bas. « C'est si gentil. Ouais, bien sûr, prenez notre table. » Il se glissa à côté de Steve et leva son appareil photo. « Encore une photo juste avec vous et moi. »

« Bien sûr, chéri. » Steve refit sortir son charme et se pencha pour embrasser la joue de l'homme juste quand la photo se déclencha. « Vous me rendez beau. »

Le pauvre homme devint aussi rouge que ses cheveux alors qu'il mettait la paume de sa main sur sa joue d'une façon qui rappelait une star de sitcom. « Je ne vais plus jamais me laver la joue... »

Je levai les yeux au ciel et sortis quelques billets de vingt pour les laisser sur la table pour leur serveur. « Passez une bonne soirée, les mecs. »

Steve gloussa et glissa sur un tabouret à la table haute alors que son petit fan-club s'en allait. « Ça pourrait être amusant, en fait. »

Je pouffai et me tournai pour voir le bar. Il était pas mal et la rangée de bières à la pression avait l'air prometteur. « Ça pourrait si l'endroit n'était pas rempli de racailles. »

« En parlant de racailles. » Steve se leva et fit un

signe vers la porte. « Le reste de notre entourage est arrivé. »

Alic Stein et Walter Jonas se firent un chemin à travers la foule avant de lever les yeux et de nous voir dans le coin. L'air soulagé sur les visages de nos coéquipiers était impayable. Ils n'avaient pas l'air plus heureux que nous de voir la pièce remplie de têtes de hockey. Et, en tant que membres les plus récents du club de curling d'Oak Grove, ils avaient tendance à recevoir les pires railleries des petits tyrans qui voulaient monopoliser le temps sur la glace. « Merde, qui a laissé entrer les animaux ? »

« Bienvenue dans l'enfer du hockey, mes amis. » Je me levai et fis un check à mes potes. « Je vais aller chercher quelques bières. Je reviens tout de suite. »

Le bar était bondé et cela me prit quelques minutes pour me glisser à un endroit pour faire ma commande. Une fois fait, le grand barman hocha la tête pour me montrer qu'il m'avait vu, mais il était clair que j'allais attendre un moment avant qu'il puisse s'occuper de moi. Avec un soupir résigné, je m'accoudai contre le comptoir et regardai la liste des bières à la pression. C'était une longue liste et la plupart des noms ne m'étaient pas familiers, mais je n'étais pas particulièrement difficile.

« Si vous aimez l'India Pale Ale, on en a une super qui a juste été ajoutée le mois dernier. »

Cela me prit une seconde pour réaliser que la personne me parlait et, quand je quittai des yeux la liste sur le mur, les deux yeux bleus les plus saisissants que j'ai vus me fixaient. « Comment ? »

« De l'India Pale Ale. Vous aimez ? Si oui, je peux vous faire une recommandation. »

L'oméga qui était apparu de nulle part attendait patiemment que je réponde et j'étais muet pour la première fois de ma vie. « Heu, ouais. »

Il plissa les yeux comme s'il était inquiet pour ma santé mentale, puis indiqua la troisième tireuse au mur. « *I Paella You Too* est très populaire. » Il souffla et jeta un œil vers les armoires à glace qui hurlaient en faisant les cons de l'autre côté du bar. « Bon, populaire pour notre public habituel. Ils ne sont là que depuis quelques heures et on a déjà dû remplacer le fût de la bibine la moins chère qu'on vend. »

Je gloussai et sortis ma carte de crédit. « Ouais, je

suis pas surpris. Je vais prendre quatre pintes de l'India Pale Ale que vous me recommandez. Ça a l'air parfait. »

« Bien sûr. » Il sortit deux verres et commença à les remplir avec une bière couleur cuivre. « Je ne vous ai pas encore vu ici. Vous êtes un fan de hockey ? »

« Plus maintenant », dis-je à voix basse. « Mais je suis ici pour la soirée stade. J'ai vu un prospectus et, mes potes et moi, on a décidé de jeter un coup d'œil. »

« Super, merci d'essayer notre bar. » Il fit glisser deux verres vers moi sur le bar puis remplit les deux suivants. « Il n'y a pas tant de monde d'habitude. »

Je pris une gorgée dans un verre et hochai la tête. « Ouais, eh bien, la bière est bonne et les barmen sont très mignons, alors on va peut-être revenir. »

« Ouais, j'espère. » L'oméga me regarda à travers le reflet dans le miroir et ces yeux bleus se fixèrent sur les miens d'une façon captivante.

Quand je baissai les yeux et vis le verre dans sa main déborder, je fis un sourire en coin et me raclai la gorge. Cela sembla attirer assez son attention pour qu'il remarque que sa main était recouverte de bière collante.

Il essuya le verre et le posa devant moi avec la dernière pinte.

Je lui tendis ma carte. « Pourquoi ne pas mettre ça sur l'addition ? J'ai le sentiment que je vais vouloir être resservi bientôt. »

« J'espère vous revoir très bientôt, Monsieur... » Il jeta un coup d'œil à ma carte et plissa les yeux. « Damien Marco ? Le joueur de curling ? »

Je levai un sourcil et attrapai une bière dans chaque main. « En chair et en os. »

Quand je me retournai pour apporter les boissons à table, Steve passait par là. « Ne laisse pas Alic boire la mienne. Je vais juste aller pisser. »

« Bien s... » Avant que je puisse répondre, deux brutes du hockey passèrent devant Steve et le percutèrent avec assez de force pour le faire trébucher sur une table.

« Putain, mec ! » Steve repoussa la table et s'avança vers les deux types. « Regardez où vous allez, putain ! »

Avant que je puisse réagir, au moins vingt hockeyeurs tombèrent sur Steve.

« Fils de pute ! » Je laissai tomber les verres par terre et me jetai dans la mêlée en lançant mes poings. Si ces trous du cul voulaient chercher Steve, ils allaient me trouver aussi.

4

JUSTIN

« STOP », HURLAI-JE À DAMIEN ALORS QU'IL LÂCHAIT les verres. La dernière chose dont on avait besoin c'était d'ajouter des conneries à ce qui se passait dans le bar.

« Allen ! » Quand je cherchai le videur, je le vis avec Knox et Saul déjà en train de disperser la situation. Je sautai par-dessus le comptoir en insultant la soirée stade et mon frère qui l'avait instaurée. Mon boulot dans ces situations, à la demande de mon frère, était « de ne pas m'en occuper. » J'appréciais son inquiétude, mais aucune fibre de mon corps ne pouvait permettre que des gens soient blessés alors qu'il y avait même la moindre chance que je puisse les aider. Il le savait tout autant que moi.

J'entendis des échos à propos de temps volé sur la glace et puis les coups de poing s'envolèrent. Est-ce qu'ils attaquaient vraiment les joueurs de curling parce qu'il passait plus de temps sur la glace ? De ce que j'en avais compris, ces hockeyeurs avaient bien besoin de s'améliorer et de faire venir le public s'ils voulaient jouer.

Allen faisait une sorte de prise à un alpha alors que le magnifique son des sirènes sonnait à mes oreilles. Les flics étaient terribles pour les affaires, mais c'était exactement ce dont j'avais besoin dans ce bordel.

Mes yeux parcouraient la pièce à la recherche de Damien. Pour une raison ou pour une autre, une inquiétude pour sa santé montait en moi et s'intensifiait de seconde en seconde. Il n'était même pas là au début de la bagarre alors, à mon avis, ils devaient probablement l'avoir ignorée. Au moins, c'est ce que je pensais jusqu'à ce que je l'aperçoive du coin de l'œil... juste au moment où un coup de poing l'atteignait à la mâchoire.

Aïe. Ça doit faire mal.

À partir de là, tout fut dans un brouillard alors que

je me frayais un chemin vers lui. Le gars à l'autre bout du poing incriminé avait déjà été maîtrisé par Saul, mais ce n'était pas tout. J'étais à environ quatre mètres de Damien quand il me cria de faire attention. Instinctivement, je me baissai alors qu'il sautait sur ses pieds et que son poing vola à côté de mon épaule droite pour s'abattre sur quelqu'un que je ne pouvais pas voir. J'étais là pour l'aider et, d'une façon ou d'une autre, c'était lui qui me protégeait. Même si, pendant qu'il me protégeait, tout courut à la catastrophe. Une lueur dansa devant mes yeux et, deux secondes trop tard, je vis ce que c'était : un couteau. Et ce couteau fut immédiatement planté directement dans le poignet de Damien. Son cri d'agonie à glacer le sang fut quelque chose qui me hanterait le reste de ma vie.

Damien tomba au sol alors que j'étais poussé dans la direction opposée. Des baskets rouge brillant pleines de pieds marchèrent sur mon pied dans leur course pour s'enfuir.

« Attrapez-le ! », hurlai-je à quiconque pouvait m'entendre alors que je déchirai ma chemise pour essayer d'arrêter l'intense saignement qui coulait du poignet de Damien. « Ça va. » Je n'aimai pas lui mentir, mais je voulais qu'il reste aussi calme que possible étant donné que le couteau était toujours enfoncé dans sa chair. Alors que je nettoyai soigneusement le sang, j'essayais de ne pas le toucher ni d'empirer les choses. Les deux moitiés de mon cerveau se battaient pour savoir si je devais enlever l'arme ou la laisser jusqu'à ce que des professionnels s'en occupent.

Le chaos autour de moi commença enfin à se calmer pour devenir un frémissement. Apparemment, assez de personnes qui avaient rempli l'endroit vingt minutes auparavant avaient probablement vu le début de la bagarre et étaient parties. « Putain ! » Savoir que mes clients avaient vu ce niveau de violence dans mon bar me faisait chier.

Damien grogna et attrapa le couteau, ses yeux devinrent vitreux comme s'il était en pilote automatique. J'avais vu une reconstitution à la télévision d'une femme qui avait eu la tête traversée par un arbre. Ne pas l'enlever lui avait sauvé la vie et j'ai transposé ce savoir très non scientifique d'une blessure sans aucun rapport à cette situation.

« Non. Laissez-le. Laissez-les l'enlever. » Je pris sa main valide dans la mienne pour lui éviter de ne pas m'écouter et je la serrai. « Faites-moi confiance. »

Dieu seul sait que je ne méritais pas sa confiance. Nous venions juste de nous rencontrer et simplement parce que je lui servais des bières comme barman, pas lors d'un rendez-vous.

« Je vais laisser... » Je m'arrêtai de parler quand il commença à chanceler. J'étais officiellement très mauvais. Je me glissai derrière lui pour qu'il ait quelque chose pour s'appuyer et mon bras passa autour de son côté valide pour lui éviter de frapper le couteau pendant que je roucoulai dans son oreille que tout irait bien. Quand il arrêta d'essayer de bouger, mes yeux ne pouvaient plus voir les siens. En utilisant ma chemise ensanglantée, je fis un bandage autour de sa blessure sans toucher le couteau. Bien sûr, j'échouai misérablement, ce qui eut pour résultat une chemise ensanglantée qui ne fournissait aucune assistance alors que la police entrait, suivie une minute plus tard par le SAMU.

Ils me chassèrent alors qu'ils demandaient à Damien s'il savait son nom et d'autres choses qui n'avaient aucune importance. C'était évident ce qui n'allait pas avec lui : il avait un couteau enfoncé dans le corps.

« C'est quoi ce bordel ? », demandai-je à Knox quand

il vint vers moi, la pièce bien vidée. « Pourquoi ils ne l'aident pas pour son bras ? »

« Ils doivent vérifier s'il est en état de choc ou drogué d'abord. » Il passa son bras autour de mes épaules. « Tu as froid, tu trembles. Allons te chercher une chemise dans le bureau. »

J'étais d'accord, je ne voulais pas lui dire que mes tremblements n'avaient rien à voir avec le fait d'avoir froid et cent pour cent à voir avec ma peur de ce qui pourrait arriver à Damien. Quand j'eus changé de chemise et que je fus ressorti, Damien était sur un brancard et on le poussait vers l'ambulance. J'étais à deux doigts de le suivre dans la camionnette avec la ferme intention d'y entrer avec lui quand un officier de police m'arrêta pour prendre ma déposition.

Une heure plus tard, la police avait arrêté plusieurs personnes et avait posé des millions de questions à ceux qui n'étaient pas arrêtés, mais le mystère demeurait toujours sur celui qui portait des baskets rouges et où il avait disparu.

Je sortis mon téléphone et envoyai un message rapide à mon frère avant d'aller à l'hôpital voir comme allait Damien. *On ne fera plus d'autre putain de soirée stade, PLUS JAMAIS !!!!!!*

Il envoya rapidement une réponse. *Qu'est-ce qu'il s'est passé ?*

Tout.

Je fourrai le téléphone dans mon jean plein de sang et allai vers ma voiture, décidé à trouver l'homme qui avait attiré mon attention et avait presque fait mon cœur s'arrêter de battre de peur, tout dans la même soirée : Damien.

5

DAMIEN

J'AI DÛ ÊTRE UN MONSTRE DANS MA VIE PRÉCÉDENTE. Il n'y a pas d'autre explication à la façon dont la soirée avait tourné pour moi. J'ai dû faire des choses horribles, cruelles et déplorables que je ne me rappelle pas pour mériter que ma vie actuelle soit tuée avant même qu'elle commence vraiment. OK, c'était peut-être un peu dramatique, mais comment pouvait-on expliquer autrement que je sois exactement au bon endroit au bon moment pour que ma carrière soit détruite en un coup rapide de couteau de poche ?

Quand les ambulanciers insistèrent pour que j'aille à l'hôpital, je pensais que c'était juste pour sauver la peau du conglomérat ou de l'investisseur international qui possédait le bar. Mon bras me faisait à peine mal et je ne pensais pas devoir faire face à plus que quelques points de suture. Mais, une fois que l'adrénaline quitta mon corps et que toute la douleur s'installa, je savais que c'était plus qu'une contusion mal placée.

Le médecin utilisa le terme de lésion du nerf radial, mais j'ai arrêté d'écouter les détails quand il arriva à la partie où je ne serai plus jamais capable de tenir ou de jeter quelque chose avec ma main droite.

La main que j'utilisais au curling.

Ce n'était pas un résultat certain, mais son ton sinistre et le regard sérieux qu'il me fit quand il expliquait l'intervention pour relier les bouts de nerfs coupés pour voir si je regagnerais toute l'extension ou si j'étais mis à la retraite permanente du seul sport que j'aimais vraiment en disaient long. « Nous devrons demander à un chirurgien orthopédique de faire une évaluation complète demain, mais ce genre de blessure n'a en général pas de guérison complète. »

« Quelle est l'alternative à une guérison complète ? » Je retins ma respiration et essayai de me concentrer sur le pire scénario. J'étais un alpha fort et en bonne santé de trente-trois ans dans la fleur de l'âge. Même s'il y avait des séquelles durables de ce coup de couteau, je pensais être capable de les dépasser. J'avais juste besoin de rester positif et de travailler aussi dur sur ma guérison que je l'avais fait pour mon entraînement.

Les JO étaient dix-huit mois plus tard.

Tout pouvait arriver en dix-huit mois.

Il se trouva que tout peut arriver en dix-huit secondes.

Et dans les dix-huit secondes qu'il me fallut pour être distrait par un barman oméga sexy, un soir comme les autres, dans un bar comme les autres, avec un groupe d'étrangers comme les autres que je n'avais aucune intention de revoir, tout mon univers s'était écroulé devant moi.

Le chirurgien orthopédique fit des radios et une batterie d'examens avant de me donner les meilleures et les pires nouvelles de ma vie jusque-là.

« La lésion est sévère. Si ça avait été trois centimètres plus haut, vous auriez probablement perdu l'usage complet de votre main. »

« Mais ? » J'essayai de garder de l'espoir et du désespoir dans ma voix alors que j'attendais la réponse miracle que je voulais tellement entendre. « S'il vous plaît, dites-moi qu'il y a un mais… »

Le médecin me fit un sourire triste et hocha la tête. « Mais c'était dans une zone qui a une très faible chance de guérison. Je ne pense pas qu'il est possible de retrouver un fonctionnement à cent pour cent, ni même à quatre-vingt-dix pour cent. Mais, dans le meilleur scénario, vous pourriez potentiellement avoir assez de force pour continuer à lancer des pierres. »

« Merci… » Je laissai sortir un grand soupir quand le médecin leva la main pour ralentir mon soulagement.

« Attendez un peu, cowboy. » Le médecin alpha ne me prenait pas de haut, mais je pouvais voir qu'il avait l'habitude de gérer des athlètes de façon régulière. « Cette chance est mince, alors n'allez pas prévoir des matches dans un futur proche. Ça va être une route longue et douloureuse, mais, si votre corps coopère et si vous suivez votre kinésithérapie à la lettre, cela pourrait arriver. »

« Ça me va, docteur. » Je hochai la tête, autant pour moi que pour lui, alors que j'essayai de bouger les doigts de ma main droite. Ils bougèrent à peine en réponse à la demande de mon cerveau d'un poing complètement fermé, mais la quantité de douleur qui irradia jusqu'à mon épaule et le long de mon dos fit couler une sueur froide sur mon front. « Je ferai tout ce que vous direz. Je vous fais confiance pour me guérir. »

Une petite part de moi lui faisait confiance. Et peut-être qu'une toute petite part de moi était presque reconnaissante d'avoir une excuse pour me retirer sur une note positive. Je n'étais pas encore au top de mon sport, mais j'y étais presque. Et quitter le jeu avant qu'on me le demande, ce n'était pas rien !

Mais la plus grande part de mon cœur et de mon esprit savait que je pouvais vaincre les petites blessures qui essayaient de me ralentir. Je n'allais pas laisser un fan de hockey ivre me prendre mes rêves avant qu'ils se réalisent.

J'étais Damien Marco, putain, et c'est moi qui dirais à l'univers quand j'en aurai fini avec le curling. L'univers ne pouvait pas prendre cette décision pour moi.

« Nous vous emmènerons en chirurgie à la première heure demain matin. » Il sourit et prit quelques notes avant de se retourner vers la porte. « Reposez-vous. Croyez-le ou non, c'est la douleur la plus faible que vous allez ressentir pendant un moment. »

J'essayai de fermer les yeux et de dormir, mais j'étais trop plein d'énergie pour seulement y penser. Steve, Alic et Walter arrivèrent juste après que le médecin fut parti, mais c'était trop dur de voir sur leurs visages la pitié qu'ils ressentaient envers moi, alors je leur dis que j'étais épuisé et que je les appellerai après l'opération pour les tenir au courant. Leur carrière n'était pas aussi en danger que la mienne, car ils pouvaient toujours trouver un autre capitaine d'équipe. Mais nous travaillions ensemble depuis longtemps. Trouver ce genre d'alchimie, de confiance et de coopération avec un autre coéquipier n'était pas facile. Leurs chances d'arriver aux JO étaient aussi en danger, même si personne n'avait les couilles de le dire.

Pas encore en tout cas.

Je regardais Instagram sur mon téléphone quand l'oméga du bar passa sa tête par la porte. « Vous êtes réveillé ? », murmura-t-il.

J'étais embarrassé qu'il me voie dans cet état, faible et vulnérable, mais j'étais plus excité de voir son joli visage. « Ouais, entrez. »

6

JUSTIN

« Ouais, entrez. » Il avait l'air si découragé. Ou peut-être défoncé, ce qui avait du sens étant donné qu'il avait été poignardé au poignet, devant moi, dans mon putain de bar.

« Salut, je suis Justin, du bar. » Nul. J'étais tellement nul, putain, que je ne voulais même pas être dans la pièce. Bien sûr, il ne le voulait probablement pas non plus. Au moins, il ne le voudrait pas quand il aurait compris qui j'étais.

« Je me souviens de vous. Vous venez pour l'addition ? » C'était une blague ou il était sérieux ? Je n'arrivais pas à savoir.

« Pas pour l'addition ». Je secouai la main pour

chasser cette suggestion tout en hésitant à la porte. « Mais vous avez oublié votre carte. » Je la sortis de ma poche et la posai sur le comptoir à côté d'un sac qui paraissait contenir ses affaires personnelles.

« Merci ! » Il soupira et fit un geste vers la porte. « Si vous laissez la porte ouverte, les infirmières vont vous dire de partir. Elles m'ont dit de dormir tout à l'heure. »

« Oh, d'accord. » Je fermai la porte et me tins mal à l'aise à côté, sans savoir où il voulait que je me mette.

« C'est mieux. Même si, un peu plus près serait encore mieux. Vous êtes beau à voir. »

C'était officiel. Il était défoncé aux médicaments qu'ils lui donnaient pour ne pas avoir trop mal. « Comment vous sentez-vous ? » C'était une question idiote. Il se sentait très mal. Il avait eu une lame coincée dans le bras pendant je ne sais combien de temps. Ça ne vous faisait pas vous sentir comme au paradis.

« Asseyez-vous. » Il regarda la chaise à côté de son lit. « Quand vous êtes debout comme ça, ça me rend nerveux. En plus, je n'ai pas mes lentilles, vous êtes tout flou. »

Je m'approchai de lui et m'assis comme il me l'avait demandé en regardant toutes les machines auxquelles il était relié. Il y avait des chiffres partout sur les écrans à côté de son lit et je n'avais aucune idée de ce qu'ils faisaient à part surveiller sa tension et, même avec ça, je ne savais pas si les chiffres étaient bons ou pas.

« Ils m'ont branché à toutes ces machines, mais ils ont dit qu'après mon opération ils les enlèveront. » Il avait offert une réponse à ma question non dite. « Ils ont dit que c'est la douleur la plus faible que je vais ressentir pendant un moment. Vous y croyez ? Vous parlez d'un réconfort. »

Mes yeux s'ouvrirent grand devant son état. Est-ce qu'ils avaient vraiment dit ça ? Parce que je ne pouvais voir aucun contexte dans lequel ce n'était pas salaud.

« Quand est prévue l'opération ? » Ce n'était pas mes affaires, pas plus que je n'étais à ma place dans cette chambre, mais je voulais savoir quand même. J'avais dit aux gars que j'allais passer le voir pour vérifier s'il avait besoin d'information venant du bar — peut-être le numéro d'assurance, mais tout ça c'était des conneries et j'avais le sentiment qu'ils le savaient aussi. Je voulais juste voir l'alpha de mes yeux et m'assurer qu'il n'était pas mort.

Après que Michael avait été tué des années auparavant, j'avais tendance à tirer les conclusions les plus hâtives quand il était question de la sécurité de ceux qui m'étaient importants et cela semblait avoir débordé vers ce presque étranger. L'idée qu'il n'aille pas bien ramenait toutes les émotions de cette nuit où mon frère avait été tué et la seule façon de calmer mes peurs était de le voir en personne. Honnêtement, j'avais été choqué quand l'infirmière m'avait dit où il était. J'avais peut-être dit que j'étais son frère, mais quand même, cela ne devrait pas être aussi simple d'accéder à quelqu'un, surtout quand c'était la victime d'un crime.

Bien sûr, cela m'avait mené à ma nouvelle intention (folle et exagérée) de faire attention à sa sécurité pendant qu'il était à l'hôpital. Même s'il valait probablement mieux ne pas le lui dire étant donné qu'il pourrait demander à la police de me faire sortir de l'immeuble, ce qui le rendrait de nouveau vulnérable. Parce que, même si c'était mon intention, je voyais bien que c'était du harcèlement.

« À la première heure demain matin. Ils vont peut-être être capables de rendre une grande partie de sa fonctionnalité à ma main. » Il leva la main assez haut pour regarder les bandages qui enserraient tout son bras jusqu'au coude. « Sinon, je peux dire au revoir aux JO. Merde, même s'ils y arrivent, je pourrais probablement leur dire au revoir de toute façon. »

Putain.

Les Jeux Olympiques.

Je savais qu'elle était bonne et, c'est sûr, les gens disaient que notre équipe était destinée aux JO, mais ils disaient aussi qu'Oak Grove allait être aux demi-finales de basket et on devait encore arriver au tableau.

« Je suis vraiment désolé. » Ces mots étaient loin d'être adéquats, mais c'était tout ce que j'avais à offrir.

« Vous n'auriez rien pu faire. » Son tensiomètre bipa et puis commença à gonfler. Je restai silencieux en regardant l'appareil faire ses mesures. J'avais entendu quelque part qu'il ne faut pas distraire les gens quand on mesure leur tension. Je doutais que ça soit vrai, mais cela me donna le temps de regarder son visage pendant que j'essayais de déchiffrer s'il croyait ou pas ces mots.

Je ne pouvais pas le dire.

« Je me suis laissé faire pour la soirée stade. » Et, au moment où j'avais entendu l'idée pour la première fois, je savais que c'était une très mauvaise idée. Je n'aurais jamais pensé que cela pouvait mener à la mort, mais, quand même, c'était au mieux fantastiquement nul.

« Vous n'êtes pas le barman ? » Il fronça le nez en me fixant, ses yeux louchant légèrement. Ce n'était pas la première fois que quelqu'un pensait que j'étais seulement le barman et cela ne m'avait jamais offensé. Il n'y avait rien de *seulement* dans aucun travail pour commencer. Nous formions une équipe.

« Je possède le bar et, si vous voulez me faire un procès, je comprends tout à fait. » Mince, s'il m'avait demandé de lui donner la moitié de l'affaire pour rattraper sa blessure, une blessure qui avait l'air bien pire maintenant que je savais qu'elle pouvait détruire sa carrière, je l'aurais fait. « J'ai même le numéro d'assurance ici si votre avocat veut démarrer tout de suite. » Je sortis la carte que j'avais dans ma poche. J'avais prévu de la donner de façon moins *prenez tout*, mais je n'avais aucun regret.

« Pourquoi est-ce que je voudrais vous faire un procès ? Vous n'avez pas donné un couteau à ce type avant de lui demander de me poignarder, si ? »

Pourquoi est-ce qu'il ne voulait pas me lessiver ? « Eh bien, non. »

« Alors ce n'est pas votre faute. Vous savez s'ils ont attrapé le type ? La police est venue quand j'étais encore défoncé aux antidouleurs. »

Je secouai la tête sans vouloir dire les mots. Ils ne l'avaient pas attrapé et ils ne savaient pas du tout qui c'était. Toute l'équipe de hockey avait juré ne pas le reconnaître. J'avais pensé au début que c'était l'un d'eux parce que c'était une bagarre hockey-curling, après tout. Une bagarre hockey-curling. Ce n'était pas quelque chose que j'aurais pensé dire un jour.

« Et maintenant ? » S'il était toujours défoncé, j'aurais probablement dû partir. Ou partir à moitié. Bien que mon intention de le surveiller soit légalement douteuse, je ne me sentais toujours pas à l'aise de le laisser complètement sans surveillance. Si j'avais dû camper dans le couloir pendant les prochains jours, je l'aurais fait. Personne n'avait été là pour protéger mon frère quand il avait eu besoin de quelqu'un... et je ne laisserai plus jamais ça arriver alors que j'avais l'opportunité de protéger quelqu'un. « Comment vous sentez-vous ? »

« Je suis toujours défoncé aux antidouleurs, alors veuillez ignorer tout ce que je dis qui vous embarrasse. »

J'eus un sourire en coin. « Comme quand vous dites que je suis beau à voir ? »

« Ça n'est pas embarrassant, oméga. Ça s'appelle flirter. »

Ma mâchoire tomba. Il n'était certainement pas en train de dire que...

« Et je parie que, à me voir comme ça et en sachant que ma carrière est peut-être foutue, vous êtes complètement attiré. » Il gloussa sans humour pour lui-même.

« Je pense que vous être agréable à regarder aussi. » J'ai rapidement dit ce que j'avais à l'esprit avant que mon filtre refasse effet. « Vous ne m'avez pas vu vous fixer toute la nuit avant... » Et, sur ce commentaire, je revins directement à la raison pour laquelle nous étions dans ce stupide hôpital au départ. J'étais un idiot parfois.

« Avant que je sois poignardé. » Il soupira en finissant ma phrase à ma place.

Je détournai le regard, incapable de concilier ma culpabilité et ses assurances que ce n'était pas ma faute. « Ouais, et puis... »

« Toc toc. » Une petite infirmière entra et me sauva de ma propre mort par stupidité. « Il est temps pour notre patient de dormir. »

7

DAMIEN

Justin s'éclipsa de la chambre avant que je puisse dire au revoir... et merci. Je lui ai presque demandé de rester, mais l'infirmière le délogea et elle me fourra une pilule dans la bouche avant que je puisse sortir un mot.

Je ne m'attendais pas à le revoir et cela fit remonter un autre accès de dépression. Non seulement ma carrière était finie, mais je pouvais perdre l'usage de ma main et le premier lien que j'avais ressenti avec un gars depuis longtemps.

Je fermai les yeux et priai pour dormir. Plus tôt l'opération était finie, plus vite je pouvais reprendre ma vie. Seul et au chômage, mais, au moins, pas coincé dans une foutue chambre d'hôpital.

J'aurais dû m'évanouir immédiatement avec tous les médicaments que je prenais, mais j'étais complètement agité. Peu importe comment je me mettais dans le petit lit, je n'arrivais pas à être à l'aise. Je le mis sur le compte de la nervosité avant l'opération, mais une partie de moi se demandait si c'était vraiment ça. Malgré un évènement bouleversant plus tôt, ma main n'était pas le problème le plus important dans mon esprit.

C'était Justin.

Pourquoi était-il venu jusqu'ici ? Il aurait pu garder la carte jusqu'à ce que je sois sorti de l'hôpital. Mais cela ne semblait pas avoir été la raison principale de sa visite. Même si je n'étais pas sûr de la vraie raison. Bien sûr, il avait mentionné un procès. S'il pensait sérieusement que j'allais le poursuivre pour ne pas avoir empêché un hockeyeur sous stéroïdes de me poignarder, il n'avait pas une très bonne opinion de moi. Il n'y avait rien que Justin ou qui que ce soit d'autre ait pu faire différemment pour changer le résultat de la soirée.

C'était juste de la malchance.

Ma malchance.

La même malchance qui avait empêché la plupart des bonnes choses qui m'étaient presque arrivées pendant ma vie. Y compris faire fuir le seul oméga que je voulais mieux connaître, mais que je ne reverrais sans doute jamais.

La seule pensée qui me calma assez pour que je me détende enfin fut que je savais où Justin travaillait. Si je n'étais pas complètement bon à rien après m'être remis, je retournerais au Fallen Nut et j'essaierai de mieux le connaître. Il n'avait pas parlé de compagnon, mais je ne sentais pas d'alpha sur lui et il n'agissait pas comme un oméga en couple.

Bien sûr, si ma chance se vérifiait, il allait probablement rencontrer son compagnon alpha en rentrant chez lui et toutes mes chances disparaîtraient.

Je m'assoupis avec des images de Justin pieds nus et enceint dans une maison avec une clôture blanche autour. C'était l'image parfaite du bonheur qui me faisait sourire même si je savais que cette image ferait partie du futur d'un autre alpha.

Je pouvais entendre des voix, mais mes yeux

étaient trop lourds pour que je les ouvre. Au lieu des médecins et des infirmières qui m'avaient réveillé pendant la journée, ces voix étaient différentes. Familières. Mon équipe. Je pris une profonde inspiration et forçai finalement mes paupières à se séparer. « Salut. »

« Salut, mec ! » Steve fut le premier à attraper mon épaule et à me secouer. « Il t'en a fallu du temps. On est là depuis le début de la journée. »

« Hm ? » Je clignai des yeux quelques fois et j'essayai de me concentrer sur les autres personnes dans la chambre. « Quelle heure est-il ? »

Steve jeta un œil à sa montre. « Il est presque six heures. On commençait à se demander s'ils t'avaient mis dans le coma ou quoi. »

« Six heures du soir ? » J'essayai de me lever pour pouvoir voir par la fenêtre, mais une main douce me retint.

« Ne vous relevez pas. »

Je me tournai et vis Justin debout de l'autre côté de mon lit, portant les mêmes habits qu'au bar. « Vous êtes revenu ? »

« Heu, ouais. » Il hocha la tête et enleva sa main. « Je voulais m'assurer que vous vous réveilleriez bien après l'opération. »

Ah oui, l'opération. Je l'avais presque oubliée. « Comment ça s'est passé ? » J'essayai de lever mon bras, mais il était fermement attaché devant ma poitrine. Dès que j'y ai pensé, la douleur a parcouru mon dos. « Ça fait un mal de chien. »

Steve se recula et Alic apparut. « Le toubib était là tout à l'heure. Il a dit que ça s'est bien passé. On doit les appeler quand tu te réveilles. » Il leva la main vers la télécommande attachée au lit qui avait un bouton pour appeler le bureau des infirmières.

« Non. » Je levai la main vers la télécommande avec ma main valide, mais je n'avais pas assez de coordination pour l'attraper. « N'appelle pas. Je ne veux pas qu'ils vous fassent partir encore. »

« Encore ? » Steve rit et plaça sa main sur mon pied. « Justin ne t'a pas quitté depuis hier soir. La pauvre infirmière lui a fait la morale toute la nuit, mais il a gardé ta porte comme un chien d'attaque. Tu l'as engagé pour être ton garde du corps ou quoi ? »

Ma tête était toujours embrumée alors je n'étais pas

sûr de comprendre ce qu'il disait. Je me retournai vers Justin et je vis un nuage rose couvrir ses joues sans défaut. « Vous êtes resté ? »

Il haussa les épaules. « Je n'étais pas sûr que ce type ne revienne pas, alors j'ai attendu dans le couloir. »

« Toute la nuit ? » Personne n'avait fait quelque chose comme ça pour moi avant. Même mes meilleurs amis étaient rentrés chez eux pour se reposer la nuit. « Vous n'aviez pas besoin de faire ça. »

Le visage de Justin devint un peu plus écarlate alors qu'il reculait. « Désolé, je ne veux pas vous harceler. Je veux juste... »

« Hé. » J'essayai de l'attraper, mais mon foutu bras été coincé. En poussant un soupir d'exaspération, je levai mon bras gauche et le pointai dans sa direction. « Ce n'est pas ce que je voulais dire. »

Steve se racla la gorge et fit un pas en arrière. « En fait, Alic et moi, on allait justement aller chercher quelque chose à manger. On revient dans une heure environ. »

« Merci, les gars. » Je leur fis un rapide signe de la tête et, dès qu'ils furent sortis de la chambre, je fis signe à Justin de se rapprocher. « Venez de ce côté pour que je vous voie mieux. »

Il marcha silencieusement autour du pied du lit jusqu'à être debout à côté de moi, assez prêt pour que je le touche. « Je suis heureux que vous soyez là. Je pensais que vous étiez parti hier soir et que je ne vous reverrais jamais. »

Il fit un sourire mal à l'aise. « Pas de chance. »

« On dirait plutôt que ma chance est en train de tourner. »

8
JUSTIN

L'HÔPITAL AVAIT INSISTÉ POUR GARDER DAMIEN encore deux jours après l'opération même s'il se sentait bien le lendemain matin. Cela voulut dire que j'étais couvert de la sueur et de la puanteur de trente-six heures quand il signa finalement les papiers de sortie.

« Tu es sûr que tu ne veux pas camper sur mon canapé ? » Steve avait proposé de le ramener chez lui, mais Damien ne semblait pas intéressé.

« Merci, mec. Mais ça va. » Damien portait un pantalon de jogging, mais il n'était pas capable de mettre ses chaussettes d'une main, alors je me suis agenouillé devant lui pour l'aider à les remonter.

« Ouais, OK », répondit Steve. « Mais je comprends si tu attends une meilleure offre. »

Mes oreilles se redressèrent et je me suis demandé s'il voulait dire ce qu'il avait l'air de vouloir dire. Damien et Steve eurent une conversation silencieuse avec leurs yeux, ce qui me mit mal à l'aise d'être à genoux devant lui. « Tu as besoin d'aide pour tes chaussures aussi ? »

Steve gloussa. « Eh bien, je vous laisse alors. On dirait que tu es entre de bonnes mains. »

Damien leva les yeux au ciel. « À plus, mec. »

« Heu, tout va bien ? » Je défis les lacets de la basket de Damien et tirai sur la languette. « Je fais la mère poule ? »

Il sourit et posa sa main sur mon avant-bras. « Il me taquine juste. Il sait que je n'aime pas dépendre des autres... » Damien soupira. « Mais j'apprécie vraiment tout ce que tu fais pour moi. Je sais que tu n'es pas obligé d'être ici, mais j'apprécie vraiment que tu sois resté. »

Une explosion de fierté me remplit alors que j'inhalais sa délicieuse odeur d'alpha. Quelque chose dans l'odeur de Damien était simplement enivrant. J'aurais pu enfoncer mon nez dans son cou des heures s'il m'avait laissé faire. « Bien sûr, aucun problème. » Je me penchai pour essayer de mettre sa chaussure sous son pied sans m'agenouiller, mais cela ne marchait simplement pas. Je devais être au sol pour être dans la bonne position.

« C'est un problème. » Damien leva son pied droit et puis son gauche et les glissa dans ses chaussures.

« Ah oui ? » Je laçai ses chaussures tout en levant les yeux vers lui à travers des cils inquiets. « Pourquoi ? »

« J'ai été un énorme poids pour toi ces derniers jours. » Damien laissa sortir une longue expiration. « Si tu as toujours peur que je te poursuive, je promets que je ne vais pas le faire. Je ne te tiens pas pour responsable de ce qu'il s'est passé ni personne du bar... sauf le gars qui m'a poignardé. »

« Je sais. » Je me levai et reculai d'un pas pour donner un peu d'espace à Damien. « Mais je me sens quand même responsable. »

« Pas besoin. » Damien se leva et chancela pendant

une seconde avant d'avancer la main pour se stabiliser avec mon épaule. « Je vais bien. »

Je gloussai et glissai son bras derrière mon dos pour l'aider à se stabiliser. « Ouais, je sais. Mais tu ne devrais probablement pas être seul chez toi. Est-ce qu'il y a quelqu'un pour t'aider ? »

Il se tourna lentement et me regarda pendant bien cinq secondes avant de faire un grand sourire. « Tu me demandes si je suis célibataire ? »

« Non. » J'ai presque avalé ma langue. « Je veux dire, pas vraiment. » Je n'étais pas sûr de quoi dire et puis Damien a ri et m'a attiré vers lui.

« Je te taquine. Je vis seul, mais ça devrait aller. Je peux appeler un taxi et il y a un gamin à côté qui veut toujours venir parler de curling. Il peut m'aider à ouvrir des boîtes de conserves et de médicaments si j'ai besoin d'aide. »

« Tu ne peux pas compter sur un petit voisin pour te nourrir et te soigner. » Je secouai la tête et attrapai le sac en plastique avec les habits qu'avait Damien en arrivant. « J'ai un appartement au-dessus du bar. Tu peux prendre la chambre d'ami et il y aura toujours quelqu'un 24 h sur 24. »

« Sérieusement ? » Il s'arrêta de marcher et me regarda comme si j'étais fou. « Tu invites souvent des étrangers à vivre chez toi ? Des alpha étrangers ? »

Je soutins son regard. « Non. Jamais. »

Même si nous avons eu des regards noirs quand nous sommes passés devant le bureau des infirmières parce que nous n'avons pas attendu le fauteuil roulant, Damien et moi avons fait tout le chemin pour sortir avant qu'il me réponde. « Je ne peux pas t'en imposer plus. Tu en as déjà fait plus pour moi que quiconque. Si tu veux me ramener, j'apprécierais. Mais je vais me débrouiller tout seul. »

Je n'aimai pas l'idée de le laisser se débrouiller tout seul, mais je savais qu'il valait mieux ne pas discuter avec un alpha avec un ego blessé. « D'accord, mais je vais venir avec toi pour m'assurer que tu es à l'aise avant de te laisser seul. »

Pendant les trois minutes de voiture jusque chez Damien, il est resté assis silencieusement sur le siège passager à ruminer des pensées inexprimées. Quand je me suis arrêté devant la petite maison dans le cul-de-sac, Damien ouvrit rapidement la porte, mais il prit un moment avant d'essayer de se lever.

« Ça va ? » Je courus de l'autre côté de la voiture et me penchai pour voir comment il allait. « Tu as besoin d'aide ? »

« Non. » Il semblait à la fois ennuyé et embarrassé que quelqu'un le voit si vulnérable. « J'étais juste en train d'attraper mon sac. »

Nous savions tous les deux que c'était un mensonge, mais je ne l'ai pas critiqué. S'il voulait jouer le rôle de l'alpha fort qui n'avait jamais besoin d'aide, je pouvais survivre à ça. J'étais en partie responsable de sa situation actuelle, alors je n'allais pas lui causer plus d'inconfort. « Je peux le porter pour toi. »

Il souffla et me fourra le sac dans les bras. « Très bien, prends-le. »

J'espérai qu'il ne soit pas en colère, mais je ne voulais pas qu'il utilise son bras en convalescence. Les médecins étaient optimistes et pensaient qu'il pouvait retrouver un peu de fonctionnalité, mais cela prendrait des mois avant qu'ils sachent à quel point. « Dis-moi simplement ce que je peux faire. »

« Ça va. » Je pouvais voir que Damien n'était pas frustré par moi, mais par sa situation. « Je déteste simplement ne pas être capable de faire des choses simples comme sortir d'une voiture. »

« Je suis là pour toi, Damien. » Je reculai et lui donnai un peu d'espace. « Aussi longtemps que tu en auras besoin. »

9

DAMIEN

Mon Dieu, ça faisait du bien à entendre. Je voulais croire qu'il parlait de quelque chose de plus qu'un sens du devoir causé par la culpabilité parce que je m'étais trouvé dans le bar de Justin quand un connard avait tenté de me tuer. Mais je savais que ce n'était pas le cas. C'était juste un type bien avec un grand cœur.

Je marchai lentement sur le chemin cimenté de ma maison et bataillai avec la clef pour ouvrir la porte. Je n'avais jamais réalisé à quel point c'était difficile de faire des choses avec ma main gauche, mais je me sentais complètement déséquilibré. Ne pas pouvoir balancer mon bras droit en marchant mettait mon corps complètement de travers ce qui me rendait mal à l'aise et maladroit. La clef glissa sur la plaque de métal et fit un trou dans la porte en bois. « Putain de clef ! »

« Doucement, mon grand. » Justin posa sa main sur la mienne et me prit gentiment les clefs. « Laisse-moi faire. »

Je grognai et le laissai ouvrir la porte à contrecœur pour que j'entre. Être faible, ça craignait vraiment. Dès que nous sommes entrés, Justin se balança un peu sur ses pieds et dut se stabiliser contre le mur.

« Ça va ? » Ma propre douleur et mon inconfort disparurent soudain quand je réalisai que quelque chose n'allait pas chez lui. « Tu as besoin de t'asseoir ? »

Les yeux de Justin étaient fermés quand il hocha la tête et chercha le bord du canapé. La tête baissée, il trouva l'avant du canapé et tomba dessus. « Je vais bien. »

« Qu'est-ce qui ne va pas ? » Je m'assis à côté de lui et son corps entier fut pris d'un tremblement. « Tu allais bien il y a une seconde. »

Il inspira par la bouche comme s'il essayait de ne pas respirer du tout. « Ça va. J'ai juste eu un peu le vertige pendant une seconde. »

« Le vertige ? » J'avançai la main vers son front et y posai ma paume pour évaluer sa température. « Tu as l'air bien. »

Les yeux de Justin roulèrent et il se tourna vers mon bras comme s'il voulait le manger. « Mon Dieu, tu sens si bon. »

« Ah bon ? » J'avais pris une douche la veille au soir, mais, pour être honnête, je pensais puer un peu. Je ne me rappelais même plus si j'avais mis du déodorant quand je m'étais habillé ce matin-là.

« Ta maison. » Justin se tortilla sur le canapé avant de se pencher pour renifler un coussin. « C'est tellement... toi. »

Et c'est alors que je sentis l'épaisse odeur de l'excitation de Justin qui imprégnait l'air autour de nous. Il réagissait à mon odeur d'alpha qui était concentrée dans la maison qui avait été fermée quelques jours sans air. Et la douce odeur de Justin surmultiplia ma propre libido. Ma queue durcit, s'allongea de façon gênante et apparut tout droit sur le devant de mon jogging. Je regrettai ne pas avoir demandé à Steve de m'apporter mon jean, mais le jogging était plus simple à mettre et à enlever d'une main. « Bordel, Justin. »

« D'accord. » Comme si j'avais fait une suggestion, Justin se tourna pour mordiller le contour de ma queue à travers le tissu de mon pantalon. Ses mains se refermèrent instantanément sur mes fesses alors qu'il essayait de sucer ma queue directement à travers mon jogging.

« Tu es sûr que tu veux faire ça ? » Une petite voix à l'arrière de ma tête me hurlait de tout arrêter. Il n'avait pas toute sa tête. Des chaleurs soudaines étaient traumatiques pour un oméga et pouvaient le forcer à faire des choses qu'il n'aurait normalement pas faites. « Si tu ne voulais pas faire ça avant d'arriver ici, on ne devrait probablement pas le faire maintenant. »

« Je le voulais. » Justin attrapa finalement ma ceinture et fit descendre mon jogging jusqu'à ce que mon manche dur rebondisse devant son visage. « Depuis le bar. »

« Bordel. » Personne ne m'a jamais accusé d'être verbeux ni éloquent et je montrais mon vocabulaire limité à chaque mot qui sortait de la jolie bouche de Justin. « C'est difficile de rester un gentleman, là. »

« Je ne veux pas d'un putain de gentleman, Damien. » Ses lèvres chaudes se refermèrent sur le bout de ma queue et il m'avala jusqu'au fond de sa gorge. Quand il se retira, il leva finalement vers moi ces grands yeux bleus. « Je veux qu'un alpha grand et fort me baise comme il faut et me noue pour de vrai. »

Ma queue s'allongea d'encore quelques centimètres devant le regard affamé dans les yeux de Justin. Bordel, il était sexy. Surtout quand il glissa du canapé et mit sa tête en arrière pour m'attirer au fond de sa gorge en avalant ma queue et en massant mon gland avec son pharynx. « Justin, bébé. Ralentis. »

Il secoua la tête et se retira pour reprendre sa respiration avant de m'avaler de nouveau. Clairement, cet homme savait ce qu'il voulait. Et, pour le moment, on aurait dit qu'il voulait boire mon foutre.

Je n'allais pas le faire supplier, alors je laissai tomber

mes doutes et commençai à faire de légers allers-retours en passant ma bite dure dans sa bouche pendant qu'il cherchait à faire venir ma semence. « Est-ce que tu veux avaler mon sperme, oméga ? »

Justin murmura contre ma queue en accélérant le pas, il me baisait avec sa bouche pendant que j'approchais de plus en plus de la limite. Je passai les doigts de ma main gauche dans ses cheveux bruns courts et tins sa tête alors qu'il me baisait encore plus vite. Quand je fus prêt à exploser, l'odeur de son jus remplit mes narines en me rappelant ce qu'il voulait vraiment. De mauvaise grâce, je me retirai et empoignai la chemise de Justin pour le mettre sur ses pieds. « Tu veux mon nœud ? »

« Oui, alpha. » Justin enlevait déjà ses habits avant même de répondre.

« Alors, déshabille-toi, tourne-toi et penche-toi sur le dossier du canapé. »

Justin ne perdit pas de temps à suivre mes instructions. En quelques secondes, ses habits furent sur le sol et son corps fut penché sur le dossier de mon canapé, ses jambes écartées devant moi.

Ma bite palpitante quémandait un trou où entrer,

mais il fallait que je fasse quelque chose d'abord. Je me mis précautionneusement sur les genoux et léchai le trou humide de Justin pour goûter son lubrifiant naturel tout en utilisant mon index gauche pour tester sa malléabilité.

Le cul de Justin était serré, mais quand j'ajoutai mon majeur dans son ouverture, il se détendit rapidement et me permit de l'étirer avant que je me relève et que je mette ma queue devant son ouverture. « Tu prends des inhibiteurs ? »

Justin poussa son cul contre moi. « Ouais, j'en prends tous les jours. Entre. »

Je grognai et fermai les yeux tout en poussant la tête de ma bite au milieu de ses muscles serrés. Le sillon serré de Justin m'aspira aussi bien que sa gorge et m'installa dans une tiédeur humide alors qu'il s'adaptait rapidement à mon épaisseur.

Après avoir attendu quelques secondes pour le laisser s'habituer à ma circonférence, je mis ma main gauche autour de sa hanche et commençai doucement à glisser d'avant en arrière. Il gémit et gigota sous moi pour me montrer qu'il en voulait plus tout en essayant de me laisser mener.

Même si j'avais désespérément envie de venir, je voulais que ce moment dure aussi longtemps que possible. Chaque fois que je m'approchai de l'explosion, je restai immobile en attendant profondément en lui tout en m'arrêtant pour respirer et me calmer. Je le fis plusieurs fois avant que Justin soit frustré et prenne les choses en main.

Littéralement.

Sa paume droite entoura sa bite et commença à la caresser d'un rythme rapide alors qu'il allait et venait sur ma queue. Il baisait ma bite par derrière et son poing par devant et c'était la chose la plus érotique que j'avais vue.

Je ne pouvais plus me retenir.

Mon bras gauche autour de son ventre, je poussai aussi profondément que je pouvais et me tins là. Mes boules explosèrent en tirant une rafale épaisse de crème à l'intérieur de Justin alors que le nœud à la base de ma queue commençait à grandir en lui. « Voilà, bébé. Ne bouge pas pour mon nœud. »

Comme s'il avait peur que je parte, il se tint parfaitement immobile en gémissant doucement pendant que mon nœud nous verrouillait l'un à l'autre. Une fois qu'il fut certain que je ne pouvais pas m'enfuir, Justin s'affala sur le canapé en reposant sa poitrine sur les coussins du dossier.

Je gloussai et caressai son dos, un peu surpris de la tournure incroyable qu'avait prise cette journée.

10
JUSTIN

La chaleur suffocante venant du corps endormi de Damien était intense.

J'avais désespérément besoin de m'éloigner de lui pour prendre un peu d'air, mais l'idée de m'écarter lentement de son solide corps suffisait à me calmer. J'aurais pu rester à cet endroit, serré contre son corps, pour le reste de ma vie. Cela aurait été un rêve devenu réalité.

Mais ce n'était pas pour ça que j'étais là. J'étais là pour aider Damien avec les tâches normales qui demandaient deux mains, pendant qu'il se remettait encore. Et aussi pour m'assurer que la personne qui m'avait confié sa sécurité quand elle était entrée dans mon bar n'était pas définitivement handicapée à cause de l'idée stupide de soirée stade que mon frère avait eue.

Alors que je pensais à cela, j'avançai précautionneusement la main vers le téléphone sur la table de nuit de Damien et tapai d'une main un message pour Mitch. *J'ai encore besoin d'une semaine. Trouve une solution pour le planning avec James et Allen pour être sûr qu'on soit remplacés. Je te dirai quand je rentre.*

Toujours avec le joueur de curling ?

Même si ces quelques mots étaient plutôt inoffensifs, je savais ce que pensait Mitch. Il avait probablement déjà trouvé des noms de bébés pour mes futurs enfants. *Je l'aide dans sa convalescence. C'est tout.* Bon, ça n'était pas exactement tout. J'avais bien passé la moitié de la nuit avec la bite de Damien dans mon cul, mais mon frère n'avait pas besoin de le savoir. Il se serait fait une mauvaise idée. Même si je ne savais pas quelle était la bonne idée.

Bien sûr. Je pouvais voir Mitch lever les yeux au ciel. *C'est ça.*

Je jetai mon téléphone sur la table de nuit plus fort que je le voulais en faisant un gros fracas qui réveilla Damien.

« Tout va bien ? » La voix profonde de Damien me ramena dans le présent.

Je roulai et me blottis contre lui. « Ouais, je disais juste à mon frère de me remplacer dans les prochains jours. »

La main de Damien, qui caressait mon bras de haut en bas, s'arrêta immédiatement. « Pourquoi ? »

Je levai la tête pour que mon menton repose sur son biceps. « Tu as besoin d'aide. Je peux rester ici quelques jours jusqu'à ce que tu aies l'habitude de tout faire avec une main. »

« Tu ne peux pas abandonner ta vie juste pour m'aider. » Damien était frustré, mais on aurait également dit qu'il y avait une lueur d'espoir dans ses yeux.

« Ce n'est pas ce que je fais. » Je savais que ce solide alpha détestait être pouponné, même si cela m'amusait beaucoup. « Je ne prends jamais de congé maladie, alors c'est aussi une excuse pour que je me repose. »

Damien me fixa fermement en sachant que je mentais, mais sans être sûr de ce qu'il voulait y faire.

À la fin, j'imagine qu'il a décidé de laisser tomber. Il

soupira et hocha la tête avant de se pencher pour m'embrasser. « Dans ce cas, est-ce que tu as encore mal ? » Sa main glissa lentement le long de ma poitrine jusqu'à s'enrouler autour de mon érection matinale.

« Pas du tout. » Je me relevai et montai sur Damien en enfourchant sa taille pour qu'il puisse se détendre et ne pas faire d'efforts avec les muscles de son bras. En passant soigneusement au-dessus de son bras blessé, je l'embrassai en le taquinant pendant que je balançais ma bite au-dessus de la sienne jusqu'à ce que nous haletions tous les deux, à court de respirations.

Meilleur. Congé. Maladie. De. Ma. Vie.

APRÈS UN AUTRE tour de verrouiller-la-bite-dans-la-cave, je tombai du lit et pris une douche rapide. Quand j'en sortis, Damien était debout à la porte, complètement nu en dehors des bandages autour de son bras et de son torse. « On va s'amuser. »

Je mis une serviette autour de ma taille et me

tournai vers la baignoire. « C'est parti pour un bain ! »

« Beurk. Je déteste les bains. » La tête de Damien tomba sur sa poitrine comme s'il était réellement dévasté. « Les bains, c'est pour les enfants. »

« Ne t'inquiète pas, alpha. » J'ouvris l'eau chaude et posai le bouchon de la bonde. « Personne ne va te prendre pour un enfant. »

Je laissai l'eau monter de quelques centimètres, puis je réfléchis à mes options. « Je vais aller chercher un sac poubelle à mettre autour de toi. Où est-ce que tu mets le ruban adhésif ? »

Il leva les yeux vers moi et ne put s'empêcher de sourire largement. « Oh, ça va être bien. Le scotch est sur l'étagère dans la buanderie et les sacs poubelles sous l'évier de la cuisine. »

Je jetai un œil à l'eau et baissai le robinet pour qu'elle ne monte pas trop haut. « OK, je reviens tout de suite. N'entre pas encore dans l'eau. »

Après avoir rapidement attrapé mes fournitures, je trouvai Damien assis sur le bord de sa baignoire avec ses pieds dans l'eau.

« OK, madame la maîtresse de maison. Voyons ce que tu as en tête. »

Je gloussai et me mis au travail. Cela prit quelques minutes et quelques tâtonnements, mais je fus capable de créer un écran imperméable autour de la large poitrine de Damien pour que ses bandages ne soient pas mouillés. « Ça devrait le faire. Il faut quand même que tu fasses attention à ne pas trop éclabousser, mais, au moins, tu peux t'allonger et te détendre pendant que je te lave. »

« Tu vas me laver ? » De nouveau, sa voix avait un mélange d'amusement et de sous-entendus.

« Comme une toilette au gant. »

« D'accord. »

Je haussai les épaules et sortis un gant de toilette propre du placard. « Au moins les zones que tu ne peux pas atteindre avec ta main gauche. »

Il tint sa main gauche contre sa poitrine et feignit d'avoir mal. « En fait, je pense que mon autre main me fait mal aussi. Il va falloir que tu laves tout. »

Sa queue était déjà en train de durcir pour accompagner l'érection qui ressortait par l'ouverture de ma serviette. « Bon, eh bien, va dans l'eau et laisse-moi faire mon truc. Si tu es gentil, tu auras peut-être une récompense. »

Il caressa sa bite plusieurs fois jusqu'à ce qu'une goutte de délicieuse crème apparaisse au bout. « Si tu es gentil, tu pourrais avoir une récompense aussi. »

11

DAMIEN

« Je vais bien, Justin. » Je me penchai en avant pour qu'il puisse peloter mon oreiller. Il me pouponnait depuis qu'il était venu à l'hôpital, mais, maintenant que nous étions seuls chez moi, il avait pris le rôle de médecin, infirmier, cuisinier, femme de ménage, tapoteur d'oreiller et d'amant. Cela ne faisait que vingt-quatre heures et je voyais déjà des signes de fatigue sur son doux visage. « Assieds-toi à côté de moi et détends-toi une minute. Tu as couru comme un fou toute la journée. »

« Je veux juste m'assurer que tu es à l'aise. » Il s'assit pendant presque deux secondes avant de se relever pour ajuster les rideaux afin que le soleil ne fasse pas un reflet sur l'écran de la télé. « C'est mieux ? »

« Ça va, mec. Détends-toi. »

Justin prit une profonde inspiration par le nez et expira par la bouche. « Ouais, je vais m'asseoir une minute. »

« Bien. » Je levai le bras gauche pour l'inviter à se glisser sur le lit à côté de moi. « Cet épisode de *Castle* est bien. »

Il fondit sur le côté de mon corps en posant sa joue sur mon épaule. « Je n'ai jamais regardé cette série avant. »

« Quoi ? » Je secouai la tête et baissai un peu le volume. Maintenant qu'il ne courait pas dans tous les sens pour tout arranger dans la pièce, la télé semblait soudainement bruyante. « Elle est super. Un écrivain sexy suit une détective partout et ils résolvent des mystères ensemble. »

« Ça a l'air sympa. » Il bâilla et déplaça son poids pour être encore plus serré contre mon corps. Si je n'avais pas aimé l'avoir si près de moi, j'aurais eu certainement très chaud et ça m'aurait ennuyé. Mais, en fait, j'aimai quand Justin était aussi collant. « J'aimerais bien être flic pendant une minute. »

« Vraiment ? » Il n'y avait pas beaucoup de flics oméga. Quelques-uns, bien sûr, mais pas beaucoup. Et Justin n'était pas le plus grand oméga qu'on puisse trouver. Il faisait probablement 1,75 m et 68 kg tout mouillé. « J'aurais pensé à un médecin ou un infirmier, mais pas à un flic. »

Il haussa les épaules et bâilla en même temps. « J'aime m'occuper des gens quand ils ont besoin d'aide, mais je préfère empêcher les mauvaises situations avant qu'elles n'arrivent. »

« D'accord. » Je n'étais pas vraiment sûr de ce qu'il voulait dire par là, mais il était vaseux et avait besoin de se reposer. « Tu pourras m'expliquer ça plus tard. »

« Mmm hmm. » Justin n'avait les yeux fermés que depuis quelques minutes quand son téléphone commença à sonner sur la table de nuit. Il sursauta immédiatement en se réveillant et l'attrapa. « Ici Justin. »

Je n'avais pas vu le nom qui était apparu sur l'écran, mais j'avais vu la photo. C'était un superbe alpha.

« Non, je suis occupé. Qu'est-ce qu'il y a ? » Justin se leva et me tourna le dos, puis il commença à descendre dans le couloir. Il essayait peut-être de ne pas me déranger devant ma série, mais je ne pouvais pas m'empêcher de me demander s'il ne voulait simplement pas que j'entende sa conversation. À qui est-ce qu'il parlait ?

Il m'avait fait comprendre qu'il était tout à fait célibataire à chacune des multiples fois où je lui avais demandé sa situation, mais il n'avait pas hésité à prendre cet appel et à me laisser seul dans mon lit.

Je n'aimais pas ça.

Justin était assez loin pour que je n'entende pas tous les mots de sa conversation, mais sa voix était visiblement joyeuse et animée, presque excitée quand il rit à ce qu'il entendait au téléphone.

Dix bonnes minutes passèrent avant qu'il ne revienne enfin dans la chambre et qu'il attrape mon oreiller pour le tapoter de nouveau. « Tout va bien ? As-tu besoin de quelque chose à manger ou à boire ? » Il prit le verre d'eau vide sur ma table de nuit et le tint devant moi.

Je secouai la tête en détournant les yeux. « Non, merci. Ça va. » J'essayai de ne pas avoir l'air énervé, mais c'était dur de prétendre le contraire. « Tout va bien avec ton ami ? »

Justin ne perdit pas contenance quand il arrangea les couvertures sur mes jambes et les aplatit en me bordant pour la centième fois. « Ouais, il va bien. C'est juste un type au travail. »

« Ils ont besoin que tu rentres ? » Visiblement, quelqu'un avait besoin de lui pour quelque chose si on l'appelait pendant son congé maladie alors qu'il était supposé ne jamais en prendre.

« Non, pas du tout. Il y a Mitch. »

« Ton frère ne pouvait pas s'en occuper ? » Je voulus retirer ces mots dès qu'ils sortirent de ma bouche, mais c'était trop tard. J'étais mesquin et immature, mais je ne pouvais pas empêcher mon ignorance de dépasser mes lèvres.

Heureusement, Justin ne sembla pas le relever, du moins, il n'en montra rien. « Il n'avait pas de problème. Il me parlait d'un rencard qu'il a eu. Allen est célibataire depuis un moment et j'ai finalement réussi à l'inscrire sur un site de rencontres. Apparemment, ça ne s'est pas très bien passé. » Justin gloussa quand le souvenir remplit son esprit.

Je n'étais pas aussi amusé. « Tu dois être proche de tes employés s'ils peuvent t'appeler pour te parler de leurs rendez-vous. »

« Ouais, j'essaie. J'adore tous ces gars. Certains ont juste un peu plus besoin qu'on arrondisse les angles que d'autres. » Il gloussa de nouveau et me sourit.

Je serrai les dents pour me ressaisir. « Je vois. » Je ne voulais plus parler de tous ces types avec qui il travaillait, alors j'ai appuyé sur le bouton d'arrêt de la télécommande et je me suis tourné vers la gauche, loin de Justin. « Je vais faire une sieste. »

« Oh, OK. » Justin sembla finalement remarquer mon attitude.

Je ressentis une pointe de culpabilité parce que je n'avais pas le droit d'être énervé par ces relations de travail. Il était propriétaire d'un bar, putain. Bien sûr qu'il travaillait avec un tas de types. Je fermai fort les yeux en essayant de bloquer l'image du mec sur l'écran qui lui avait mis un si grand sourire sur le visage. Simplement y penser me donnait mal au ventre. Avec une profonde inspiration, j'essayai de me calmer avant de dire quelque chose que j'allais regretter.

La main de Justin se posa sur mon pied et il me serra doucement. « Je vais aller rapidement au magasin pour prendre des trucs pour le dîner. Appelle-moi si tu as besoin. »

J'aurais dû lui répondre, mais je ne me faisais pas confiance pour avoir un ton amical. À la place, je hochai la tête sans ouvrir les yeux en sachant qu'il me regardait toujours. Il allait peut-être réaliser quel emmerdeur j'étais et décider de ne pas revenir.

C'était toujours comme ça que ça se terminait de toute façon.

12

JUSTIN

J'EN FAISAIS DE NOUVEAU TROP.

Mitch m'avait dit un million de fois de ne pas le faire, mais je n'écoutais jamais.

Ce qui commençait comme une tentative pour aider les gens qui m'étaient importants finissait toujours en besoin obsessionnel de contrôler tous les aspects de leurs vies, ce qui les faisait fuir. Qu'est-ce qui n'allait pas chez moi ?

Il fallait quand même m'accorder du crédit. C'était un nouveau record pour moi. La plupart des gens qui m'étaient proches réussissaient à me supporter pendant quelques semaines, quelques fois même quelques mois avant que je les gonfle et les fasse fuir.

Je ne connaissais Damien que depuis quelques jours et je pouvais déjà sentir la distance qui grandissait entre nous. Les dernières vingt-quatre heures avaient été les meilleures de ma vie et, même si je savais qu'elles ne dureraient pas pour toujours, je pensais que j'allais avoir au moins une semaine au paradis avec un superbe alpha qui appréciait ma compagnie.

Je soupirai devant ma propre naïveté. J'aurais dû le savoir. Une semaine, ça aurait été réaliste si je ne l'avais vu que de temps en temps. Mais j'étouffai ce pauvre type depuis maintenant des jours. Bien sûr, ma date d'expiration était sur avance rapide. J'étais trop énervant pour qu'un simple mortel me supporte pendant plus de quelques heures à la fois.

Quand j'y pensais, je réalisai que Damien était un saint de me tolérer. Il avait même fait un geste — plusieurs gestes pour être précis — à plusieurs occasions. Il fallait que j'arrête mon char et que j'aide simplement ce pauvre type comme je l'avais promis, à lui et à ses amis. J'aimais faire le malin en disant que je prenais soin des autres, mais ce que je faisais vraiment c'était satisfaire ma propre conscience coupable de ne pas avoir été là pour aider mon frère toutes ces années auparavant. Et, au lieu de vraiment être là pour les autres, j'utilisais toutes les opportunités que je pouvais trouver pour assouvir mes propres besoins en les maternant quand ils n'avaient ni envie ni besoin d'être maternés.

Cela pouvait en partie être mes tendances oméga qui transparaissaient. J'avais trente-cinq ans et non seulement mon horloge biologique tintait, mais elle retentissait une corne à air à l'intérieur de mon ventre chaque fois que je regardais Damien. J'étais égoïste et en manque d'affection, comme toujours. Et ce n'était pas bien.

Quand je me garai sur le parking du petit supermarché, je fis le vœu d'être présent pour Damien et ses besoins, pas pour les miens. Je n'allais pas l'étouffer comme je le faisais avec tout le monde. C'était un grand et fort alpha qui pouvait prendre soin de lui. Et s'il ne pouvait pas, il savait comment demander de l'aide.

Je souris en me garant sur une place de parking près de la porte. À qui j'allais faire croire ça ? Il n'allait pas demander de l'aide. Il était assez gentil pour me tolérer pendant sa convalescence, mais c'était tout ce que je pouvais espérer d'un homme comme Damien.

S'il ne me mettait pas à la porte de sa maison au matin, je pourrais considérer ça comme un exploit.

J'ENTRAI dans la maison de Damien les bras pleins de courses. Il n'avait pas grand-chose dans la cuisine pour commencer, mais je voulais m'assurer que ce qu'il avait d'essentiels serait facile d'accès avec une seule main. Cela incluait de nouvelles bouteilles de ketchup, de la mayonnaise à bouchon rabattable et un sac d'œufs durs déjà écalés.

Damien avait mentionné aimer les œufs durs, mais s'il devait en écaler un tout seul, le pauvre homme allait mourir de faim.

Je fermai doucement la porte du pied et regardai dans la maison vide. « Je suis rentré. »

« Je suis ici. » La profonde voix de Damien apaisa un peu mon anxiété et je fus surpris de le trouver debout dans la cuisine. « Je faisais juste un peu de soupe. »

J'entrai et me tins debout devant la table de la cuisine la mâchoire ouverte. « Ouah. »

Damien avait en fait l'air fier de ce qu'il avait accompli, mais j'essayais toujours de saisir la scène dans son ensemble.

Une miche entière de pain était répandue sur le comptoir et trois boîtes de soupe de nouilles au poulet étaient mélangées de façons variées à côté de la gazinière. « Heu, comment tu les as ouvertes ? » Je n'avais pas remarqué d'ouvre-boîte électrique, mais il était possible qu'il en ait un caché dans un tiroir.

« Je l'ai fait à l'ancienne. » Damien leva un ouvre-boîte en métal, le bout pointu braqué dans ma direction. « Le trou n'est pas assez grand pour sortir les nouilles, mais j'ai sorti assez de bouillon, je pense qu'on peut chacun avoir un bol. »

J'essayai de ne pas rire, mais il était trop adorable pour que je me retienne. « Beau travail, alpha. » J'attrapai une boîte de soupe et sentis au moins 500 g de nouilles encore au fond. « Mais je peux nous sortir les nouilles. » Il y avait un ouvre-boîte à poignées sur le comptoir, alors je le pris et j'enlevai le couvercle de la boîte. « Ça va être délicieux. »

Damien fit un soupir, mais ne se plaignit pas. Il ne voulait probablement pas ne manger que du bouillon avec du pain quand il y avait toutes ces délicieuses nouilles coincées dans la boîte. Cet homme était têtu, mais pas idiot. « Ouais, ça va. »

Pendant que Damien finissait de réchauffer la soupe, je rangeai les courses et trouvai un sac avec une fermeture pour mettre le reste du pain. Je n'avais pas pensé qu'un nœud aurait été difficile à gérer avec une main, mais on aurait dit qu'il avait utilisé ses dents pour déchirer le sac de pain. Et, vu son humeur quand j'étais parti plus tôt, je devais partir du principe que c'était exactement comme ça qu'il avait fait.

Une fois la soupe prête, Damien et moi nous assîmes à table et commençâmes à manger. Les murs que je l'avais senti mettre entre nous plus tôt semblaient être tombés pendant que nous plaisantions et faisions allusion à la prochaine toilette dans le bain. La journée avait eu quelques moments difficiles, mais tout allait très bien et j'étais convaincu que ma mauvaise fortune avait tourné.

Jusqu'à ce que mon téléphone sonne dans ma poche.

Je le sortis et vis qui appelait. Et c'était Saul, du bar. Je ne pensais pas qu'il travaillait, alors je me suis dit que c'était plus pour prendre des nouvelles que pour quelque chose d'important. Au lieu d'y répondre pendant le dîner, je tapais sur le bouton ignorer et mis mon téléphone à l'envers sur la table. Quand je regardai de nouveau Damien, son regard était glacial et les yeux marron qui étaient habituellement chaleureux et amicaux furent soudain distants et en colère pour la première fois.

« Tu as besoin de répondre ? » Son ton était passé d'enjoué et léger à sombre et taciturne en une fraction de seconde. « Non. C'est juste un type au travail. »

Les sourcils de Damien se froncèrent. « Un autre type ? » Il grimaça à ses propres mots et je pouvais voir qu'il les regrettait dès qu'il les avait dits. « Je veux dire, il se passe peut-être quelque chose d'important. Tu dois peut-être retourner au bar pour aller voir. »

Je penchai la tête et regardai attentivement son

visage en essayant de lire ses pensées... même s'il les gardait fermement derrière sa sombre expression. « Ça, c'est plus important. »

Le téléphone sonna de nouveau et gâcha ce que j'essayai de dire. « Bon sang. » Je le retournai et vis le beau visage de Saul qui me regardait. Je levai les yeux au ciel et décrochai. « Salut, Saul. Qu'est-ce qu'il se passe ? »

« Rien. Je voulais juste prendre des nouvelles. Tu nous manques au bar. Mitch est très bien et tout, mais tout ce qu'il fait c'est nous montrer des photos de bébé. C'est lassant. »

Je souris et pensai à mon frère et à sa famille parfaite. « Ouais, il dit qu'on va tous comprendre un jour, mais je ne pense pas que je serai comme lui un jour. »

Saul rit. « Ouais, vaut mieux pas ou je devrais me botter le cul. »

Mes yeux passèrent de mon bol à Damien et les murs que je pensais être tombés plus tôt étaient de nouveau fermement en place. Son bras valide était serré contre son torse avec un poing fermé et il fixait mon téléphone comme s'il voulait l'écraser.

« Hé, Saul. Je suis un peu au milieu de quelque chose en ce moment. Je peux te rappeler demain ? »

« Ouais, bien sûr. Je voulais juste dire bonjour. C'est bizarre de ne pas te voir tous les jours. »

« Ouais, vous me manquez aussi. » Je déglutis sans lever les yeux quand Damien se leva de table et quitta la pièce. « À plus tard. »

Je raccrochai et m'adossai à ma chaise sans savoir ce qu'il se passait. Est-ce qu'il était en colère parce que je détournai mon attention de lui ? Cela ne ressemblait pas à Damien, surtout étant donné qu'il n'avait pas l'air d'aimer être dorloté pour commencer. Mais il n'y avait pas d'autre explication à son comportement. Il était peut-être un des rares qui aimaient vraiment être étouffés par des oméga fatigants.

Je soupirai et me levai de table. Après avoir rassemblé les assiettes, je les lavai et nettoyai la cuisine, retardant le plus longtemps possible le moment où je retournerais dans la chambre pour jeter un œil à Damien.

13

DAMIEN

Qu'est-ce qui se passait avec moi ? J'ai changé de t-shirt étant donné que je l'avais éclaboussé de bouillon de poulet en essayant d'ouvrir les foutues boîtes. J'agis comme une garce et je ne sais pas pourquoi.

Quand encore une autre photo de mec mignon est apparue sur le téléphone de Justin, quelque chose en moi s'était déclenché. C'est un joueur. Il n'en a pas eu l'air au début, mais il est propriétaire d'un foutu bar. Bien sûr qu'il a un harem d'alpha qui lui obéissent au doigt et à l'œil. Quand il a dit qu'il prenait des inhibiteurs, j'aurais dû comprendre. Il n'en prendrait pas s'il n'avait pas besoin d'éviter d'être en chaleur et peut-être de tomber enceint.

Je pouvais l'entendre faire du bruit dans la cuisine et je m'en foutais. Il pouvait nettoyer ma maison par culpabilité mal placée s'il voulait, mais je n'allais pas me nouer à lui. S'il voulait un coup facile, il pouvait rentrer dans son bar et coucher avec un de ses admirateurs.

Ma gorge se serra à cette pensée et j'ai presque écrasé la télécommande en appuyant sur le bouton de marche pour regarder les infos du soir.

Une partie de moi voulait aller le voir et le décharger de ses corvées pour le renvoyer dans les bras impatients des alpha à qui il manquait tant. Mais une plus grande partie ne voulait pas qu'il parte. Malheureusement, je savais que ce n'était pas cette partie de moi qui allait gagner la bataille intérieure.

Quoi qu'il en soit, je n'étais pas encore tout à fait prêt à l'envoyer balader. Je tirai les couvertures et me mis au lit, couché à plat sur le dos. Je voulais m'étendre sur mon côté droit pour que mon dos soit tourné vers Justin quand il entrerait, mais c'était hors de question. Et m'étendre sur mon côté gauche me ferait fixer la porte, et lui, quand il viendrait au lit avec moi.

Alors, sans autre choix, je fixais le plafond en souhaitant que les choses soient différentes. Pourquoi est-ce que le premier gars avec qui je sentais une connexion devait posséder un putain de bar ? Il n'y avait pas un boulot sur terre avec un meilleur accès à des coups d'un soir et ce n'était simplement pas quelque chose que je pouvais gérer. J'avais toujours été un type jaloux, mais les émotions qui faisaient rage en moi étaient plus intenses que mes sentiments de jalousie habituels.

Je voulais tuer tous ceux qui avaient touché un jour Justin, mais je savais aussi à quel point c'était stupide. Il ne m'appartenait pas. Pendant une seconde très excitante, je nourris l'espoir que si... mais c'était naïf. Justin était un oméga sexy qui avait le monde sur un plateau d'argent sous la forme de clients de son bar. J'étais un joueur de curling handicapé qui pourrait ne plus jamais être capable de branler de nouveau sa propre bite.

Justin ne m'appartiendrait jamais.

J'entendis Justin entrer, mais je n'ouvris pas les yeux pour le regarder. À la place, je fis le mort et attendis qu'il monte dans le lit à côté de moi. De nombreuses et longues minutes passèrent, mais toujours rien.

Finalement, j'ouvris les yeux et vis que la chambre était vide. Justin n'était pas debout près du lit et il ne se préparait pas à m'y rejoindre.

Il était parti.

J'attendis presque une heure avant de me lever silencieusement et de descendre le couloir pour voir s'il était dans la chambre d'ami. Quand je vis que la porte était ouverte et la chambre vide, mon cœur commença à battre plus fort. Était-il parti sans même dire au revoir ?

Des regrets sur la façon dont j'avais agis me remplirent. Je n'aurais pas dû passer ma jalousie sur lui. Ce n'est pas sa faute et il n'a rien fait de mal. En allant à la cuisine pour prendre un verre d'eau, je vis Justin blotti sur le canapé avec un petit plaid recouvrant ses épaules et sa poitrine.

La télé était éteinte, alors je savais qu'il ne s'était pas endormi en la regardant, ce qui voulait dire qu'il avait volontairement décidé de dormir là et pas avec moi. Peut-être qu'un de ses amis au travail n'aimait pas qu'il reste chez moi. Je savais que cela m'aurait certainement posé un problème s'il avait été mon oméga. Mais il ne l'était pas et ne le serait jamais.

Nous avions passé une super nuit ensemble et deux jours agréables à apprendre à nous connaître. Mais c'était tout.

Il avait raison de commencer à se tenir à l'écart. Je ressentais déjà des choses que je n'avais jamais ressenties auparavant et, s'il prévoyait de passer plus de temps avec moi, ça serait de plus en plus dur de se dire au revoir.

Je me tins debout au-dessus de lui et j'envisageai mes options. Si j'avais eu l'usage de mes deux bras, je l'aurais soulevé et porté dans la chambre d'ami pour qu'il soit plus à l'aise. Mais vu que ce n'était pas le cas, je tirai une couette supplémentaire de l'armoire à linge et la jetai sur lui.

Au moins, il n'aurait pas froid.

Avec une sensation de vide dans le ventre, je retournai dans ma propre chambre et me remis au lit.

Seul.

Cela aurait dû me sembler normal. J'avais dormi seul toute ma vie. Et je n'avais eu Justin dans mon lit qu'une nuit. Mais quelque chose en lui s'était déjà incrusté dans mon âme. Je ne voulais plus être seul. Et même les quinze mètres qui nous séparaient me semblaient être trop. Putain, pourquoi est-ce que j'étais tout le temps un trou du cul ? Je n'avais pas besoin de le traiter aussi mal simplement parce que ses employés l'appelaient pour prendre des nouvelles. Ça prouvait juste qu'il était un bon chef. Je n'avais jamais été chef d'entreprise ni eu d'employés à moi, alors je ne connaissais pas ces responsabilités, mais, visiblement lui, oui et il prenait ses responsabilités envers ses employés au sérieux.

Je tirai les couvertures sur moi et enveloppai mon poing gauche dans une poignée de tissu en le tenant sur mon cœur. Il était temps de dire bonne nuit à cette journée de merde qui avait si bien commencé. Demain serait un autre jour de merde, probablement le jour où Justin trouverait une excuse pour partir et le second jour d'une longue série où je devrais réfléchir à mon nouveau but dans la vie, vu que mon rêve de JO était maintenant brisé.

14

JUSTIN

Je sentis la couverture descendre sur moi, mais je n'ouvris pas les yeux. Si Damien m'avait voulu dans sa chambre, il m'aurait réveillé.

Mais non.

Il me jeta une couverture et retourna au lit. Ce qui voulait dire que j'avais fait ce qu'il fallait. Je pouvais sentir sa haine monter chaque seconde, même à travers la maison. Ce que j'avais fait pour le mettre en colère importait peu. Les dégâts étaient faits et il fallait que je fasse ce que je pouvais pour l'aider aussi rapidement que possible afin de foutre le camp d'ici. Je n'ai jamais voulu être à un endroit où je n'étais pas le bienvenu et il était très clair que je n'étais plus le bienvenu chez Damien.

Je soupirai et roulai de l'autre côté, face au dossier du canapé, pour essayer de me mettre à l'aise. Mon cou me faisait encore un mal de chien le lendemain, mais c'était le prix à payer pour avoir gâché quelque chose qui aurait pu être fantastique. Bon, au moins sympa pendant plus d'une nuit. Mais Damien avait besoin de se concentrer sur sa guérison et sur sa kinésithérapie pour retourner sur la glace. Il n'avait pas besoin d'un baby-sitter qui le rendait fou dans sa propre maison.

Je me réveillai au son du bacon entrain de griller et à l'odeur du café frais. Au début, je me demandai si quelqu'un d'autre était venu. Mais, quand je me suis levé et que j'ai regardé dans la cuisine, j'ai vu Damien devant la gazinière le dos nu et une spatule dans la main gauche. « Bonjour », dis-je avec hésitation en me demandant où étaient tous ses bandages.

« Bonjour. » Il se tourna vers moi et fit un grand sourire, mais ce n'était pas le sourire heureux jusqu'aux oreilles que j'avais pris l'habitude de lui voir. C'était purement superficiel. Le genre de sourire qu'on fait à un étranger dans la rue. « J'espère que tu as bien dormi. »

« Ouais, apparemment, j'ai dormi comme un mort. Je ne t'ai même pas entendu te lever et commencer à cuisiner. »

L'épaule gauche de Damien se haussa et il se tourna vers le grille-pain. « J'ai grillé du pain au blé, mais j'en ai aussi au levain. Tu préfères quoi ? »

« Au blé, c'est bien. » J'étais toujours sidéré et je me demandai si j'avais dormi une semaine parce que c'était une personne complètement différente de l'homme avec qui j'avais dîné la veille. « Heu, où sont tes bandages ? »

Damien leva et baissa son coude droit, comme s'il volait. « Plus d'aile cassée. J'ai enlevé la bande parce que ça commençait à me démanger et je suis bien plus à l'aise. »

Je m'approchai de lui pour voir son bras. « Le médecin voulait que tu le gardes en écharpe pendant au moins deux semaines. Tu vas certainement trop le solliciter s'il n'est pas bandé. »

Damien rejeta mon inquiétude d'un geste de sa

spatule avant de récupérer le bacon grillé et de le placer sur une serviette en papier à côté de la gazinière. « Ouais, il a dit ça, mais ça va. Je vais faire attention à ne pas utiliser mon bras droit jusqu'à avoir son accord, mais je suis bien plus indépendant comme ça. »

Je ne savais pas quoi répondre à ça. « OK. »

Il se tourna et me regarda droit dans les yeux. Son regard passait de mon œil gauche à droit, comme s'il cherchait la réponse à une question inexprimée. Je ne sais pas s'il l'a trouvée, mais il soupira et se retourna rapidement. « Ça veut dire que tu n'as plus besoin de t'inquiéter pour moi. J'ai même commandé une brosse avec un manche pour la douche, comme ça je serai capable de me laver complètement avec une main. »

« C'est super. » J'imagine qu'il voulait vraiment que je foute le camp de chez lui. « Je peux au moins t'aider pour le petit déjeuner ? »

Damien éteignit la gazinière et mit la poêle sur un feu froid avant de se retourner vers moi. « Pas grand-chose à faire sinon t'asseoir et manger. » Il attrapa l'assiette de bacon et s'avança vers la table. « Tu peux apporter le pain ? Oh et les tasses sont au-dessus de la cafetière si tu en veux. Les œufs sont déjà sur la table. »

« Tu as fait des œufs aussi ? » Je pouvais entendre que ma voix était faible, mais j'étais vraiment choqué de voir à quel point il avait changé en moins de dix heures. Comment est-ce que j'avais raté toute cette activité alors que j'étais juste dans la pièce d'à côté ? « Je suis impressionné. »

Damien fit un grand sourire et agita ses sourcils. « Je suis un type impressionnant. »

C'était définitivement vrai.

Je m'assis à table et mangeai silencieusement une tranche de pain et une petite pile d'œufs. Sincèrement, je n'avais pas grand appétit. Il était évident que Damien essayait de prouver qu'il n'avait plus besoin de moi, alors il n'y avait aucune raison pour que je reste plus longtemps.

Dès que nous eûmes tous les deux fini de manger, je me levai de table et attrapai les assiettes vides. « Je vais les laver et puis j'imagine que je vais y aller. »

Damien s'immobilisa une fraction de seconde avant

que son attitude décontractée l'emporte sur toutes les autres émotions qu'il pouvait ressentir. « Ouais, bien sûr. J'apprécie vraiment tout ce que tu as fait pour moi, Justin. »

Je hochai la tête, mais ne répondis rien. Je ne faisais pas confiance à ma voix pour rester ferme alors que j'avais en fait très mal. Je ne savais pas pourquoi j'étais si émotif, mais je ne semblais pas pouvoir saisir mes sentiments. J'étais habituellement plus équilibré que ça, mais Damien semblait faire ressortir un côté de moi que je n'avais jamais vraiment connu.

Il disparut de la cuisine pendant que je rangeai la vaisselle et essuyai le comptoir. Je ne pense pas que j'essayai de gagner du temps, mais je ne ressentais pas l'urgence de partir. Du moins, pas jusqu'à ce que Damien entre quelques minutes plus tard dans ses habits de sport.

« Tu vas quelque part ? »

« Dès que tu seras parti, je vais probablement aller courir un peu. Rien de trop ardu. » Il leva son bras et me montra l'écharpe qu'il portait. « Et je te promets de ne pas bousculer mon bras, mais il faut que je fasse bouger mes muscles avant qu'ils commencent à s'atrophier. »

Merde, il y allait à fond. « Cela ne fait que quelques jours. Ça devrait aller encore un peu. »

Il secoua la tête. « Quand je vais commencer la kinésithérapie la semaine prochaine, je ne veux pas être un de ces bébés qui pleurnichent parce que tout leur fait mal. Je veux être plus avancé que ce qu'attendent les médecins pour retourner au travail dès que possible. »

« Eh bien, bonne chance alors. » Je m'éloignai du comptoir sur lequel j'étais appuyé et me dirigeai vers le salon. Quand je vis mon petit sac en toile à côté de mes chaussures près de la porte d'entrée, je dus ravaler l'humiliation dans ma gorge. « Je vais te lâcher les baskets, donc. »

J'attrapai mes clefs sur la table près de la porte et les mis dans ma poche avant de mettre mes chaussures. Dès que j'eus tout, j'allai rapidement vers la porte. Je voulais désespérément me retourner et prendre Damien dans mes bras, mais je ne pensais pas qu'il apprécierait et je ne voulais pas me ridiculiser encore plus. Avec une profonde inspiration, j'ouvris la porte et sortis en espérant qu'il n'avait rien d'autre à dire. « Prends soin de toi, Damien. Et appelle-moi si tu as besoin de quelque chose. » Je claquai la porte derrière moi et courus vers ma voiture.

Je ne laissai même pas la voiture se réchauffer avant de prendre la route et d'accélérer.

« Merde, merde, merde. » Je me tapai la tête sur le volant dès que je m'arrêtai à un feu rouge. « Pourquoi est-ce que je bousille tout ? »

15

DAMIEN

Voir la voiture de Justin s'éloigner me fit physiquement mal. Je faisais peut être trop d'efforts seulement quelques jours après l'opération, mais c'était plus que ça. J'avais l'impression que tout mon corps était pris dans la porte de la voiture de Justin et déchiré en deux. Qu'est-ce qui se passait avec moi ? Je glissai mes clefs dans une poche et mon téléphone dans l'autre, puis je descendis l'allée. Mon instinct me disait de suivre Justin, que, si je continuais à courir, je finirai dans ses bras.

Mais c'était ridicule.

Il fallait que je me reprenne et que je me concentre sur ma guérison. À contrecœur, je me tournai dans la direction opposée et commençai à courir. Chaque pas me faisait un mal de chien et j'imaginai que chaque point que le chirurgien avait fait dans mon bras sautait et exposait mes os bousillés et mes tendons aux éléments.

Mais cela ne me ralentit pas.

Je courus vite et loin en me poussant pour briser la laisse invisible que je sentais derrière moi jusqu'à ce que je sois de nouveau libre. Libre de vivre une existence solitaire sans personne pour prendre soin de moi de la façon la plus adorable. Libre d'être malheureux maintenant qu'il ne me restait vraiment plus rien.

Je fis le tour du banc de parc que je savais être à exactement 6,5 km de chez moi et rentrai. Je pouvais peut-être simplement faire du sport et dormir jusqu'à être capable de retourner au travail.

Kyle avait dit à Steve que je pouvais prendre autant de temps que j'en avais besoin. Il voulait probablement dire des semaines ou peut-être même un mois, mais ce n'est pas ce dont j'avais besoin. J'avais besoin de retourner au travail dès que possible. Être chez moi, peu importe la durée, était pénible, surtout que maintenant tout me rappelait Justin.

Je ralentis le pas de ma course sur le retour et me ravitaillai à ma boutique de donuts préférée. Je ne m'arrêtais pas souvent pour des sucreries, mais cela me semblait approprié après la matinée que j'avais passée.

Le premier jour du reste de ma vie de merde.

Quand je rentrai, je réalisai que j'avais raison sur une chose. J'avais bien ouvert mes points. Seulement deux, mais ils saignaient assez pour que je doive retourner à l'hôpital pour les faire refermer. Après être resté assis dans la salle d'attente pendant une éternité et avoir passé une autre éternité dans la salle d'examen à attendre que le médecin entre, le calvaire finit par prendre quatre heures. Regarder les gens dans l'hôpital était une bonne façon de me distraire et de ne plus penser à Justin, mais il ne quitta jamais complètement mon esprit.

Au retour, je fis un détour devant le stade et décidai d'y faire un saut. L'équipe devait toujours passer les épreuves de qualification et je voulais, si possible, au moins les applaudir pendant l'entraînement. Et aussi, je voulais voir mon remplaçant. Selon Steve, leur nouveau capitaine n'avait pas tout à fait mon niveau, mais il était assez bon. Le reste de l'équipe pouvait le porter, ils avaient donc toujours une chance de se qualifier pour le Jeux Olympiques.

Cela faisait mal de savoir qu'ils avançaient sans moi, mais ça me faisait plaisir. Je ne me serais pas pardonné si toute l'équipe s'était arrêtée simplement à cause de ma blessure. Je me serais alors baladé avec le genre de culpabilité que Justin se coltinait tout le temps. Non, merci.

Bon sang, pourquoi avais-je besoin de penser à lui ? J'avais si bien réussi à me distraire.

J'entrai dans le parking et me garai à ma place habituelle. Elle n'était pas vraiment réservée, mais, en fait, tout le monde me la laissait. Je fus touché de voir qu'elle était toujours libre même si j'étais absent à court terme. Ce petit geste me remonta le moral à fond.

Venir ici était définitivement une bonne idée.

Je n'étais pas vraiment encore d'humeur à discuter, alors je prévoyais de me faufiler devant la boutique et les bureaux pour aller directement dans les gradins. Je voulais m'asseoir dans un coin et regarder mon équipe sans m'inquiéter de sauver les apparences. Si je voulais bouder, j'avais besoin d'intimité pour le faire sans être jugé.

Comme d'habitude, mon projet ne fonctionna pas. Dès que j'entrai dans le stade, Kyle sortit de son bureau et me fonça pratiquement dessus. « Merde, désolé, Damien. Je ne t'avais pas vu. »

Je grimaçai sous l'éclair de douleur qui passa de mon poignet à ma colonne vertébrale, mais je gardai un air sérieux en saluant Kyle de la tête. « Salut, chef. Ça fait du bien de te voir. »

Il secoua la tête en me regardant de haut en bas. « Ouah, Damien, tu as de la chance. »

« De la chance ? » Je pouffai. « Je n'appellerai pas perdre ma carrière juste avant les JO, de la chance. »

Kyle pencha la tête et me regarda comme si j'étais fou. « Mec, tu aurais pu être tué. Tu as beaucoup de chance que ça soit que ton poignet. »

Je n'étais pas d'accord, mais je n'allais pas me disputer avec lui sur ça. « De toute façon, je voulais juste voir comment marchait la nouvelle équipe. »

Kyle mit sa main sur mon épaule gauche et m'accompagna vers les gradins. « C'est correct. Cela va prendre un peu de temps pour qu'elle se constitue, mais les gars savent ce qu'ils font. Ça devrait aller. »

Je me forçai à faire un petit sourire comme si j'étais heureux de l'entendre. Encore une fois, dans ma tête, j'étais heureux qu'ils forment toujours une forte équipe, mais, dans mon cœur, je détestais ne pas être avec eux. « Bien. Je suis heureux de l'entendre. »

Kyle me jeta un coup d'œil et gloussa. « Non, tu n'es pas heureux. »

« Si et tu ne peux pas prouver le contraire. » J'éclatai de rire, heureux qu'il comprenne au moins où je me situais. « Bon, je pense que je vais revenir au travail demain. »

« Sans déconner ? » Kyle s'arrêta et glissa les deux mains dans ses poches. Il portait un t-shirt et n'était pas habillé pour l'air froid qui soufflait près de la patinoire. « Steve a dit que le médecin t'a donné deux semaines minimum. »

« Tu connais les médecins. C'était plus une suggestion. » J'avançai les épaules. « Je me sens bien et je m'ennuie à mourir chez moi. Bon, j'ai toujours du boulot ? »

Kyle se tourna vers la glace pour voir Alic faire son jet. « Ouais, bien sûr. Je veux juste que tu y ailles doucement. En plus… » Il se retourna pour s'assurer que personne n'était assez prêt pour entendre notre conversation. « Je pensais que tu avais un joli petit oméga pour prendre soin de toi. Pourquoi est-ce que tu veux revenir si vite ? »

Steve a dû parler de Justin à Kyle. Il avait probablement parlé de Justin à tout le monde. Je souris et essayai d'agir de façon décontractée. « Non, c'est pas comme ça. C'est le type qui possède le bar où j'étais. Il est juste resté quelques jours pour s'assurer que j'allais bien. Je pense que c'était surtout pour des questions d'assurance. »

Malgré notre courte relation, je connaissais assez bien Justin pour savoir qu'il se foutait de l'assurance, du procès ou de ce genre de choses. Il avait juste besoin de prendre soin des gens et il le faisait par gentillesse. Bien sûr, il semblait que cela allait jusqu'à prendre soin des grands alpha costauds qui travaillaient pour lui.

Cette pensée involontaire fit passer mon humeur d'enjouée à furieuse en moins de deux secondes.

« Bon, je suis sûr que tu as du travail. Je vais juste regarder les gars quelques minutes, puis je vais rentrer. À demain. »

Kyle me regarda quelques secondes avant d'accepter finalement ce que je disais. « Très bien, mec. À demain. »

Oui, à demain. Et tous les jours du reste de ma vie après ça parce que je ne voyais pas de carrière qui allait plus loin que faire des calculs pour le stade d'Oak Grove.

J'étais officiellement un ringard avant même d'être quelqu'un.

16

JUSTIN

« Tu me connais. » Je levai ma main en reddition. « J'adore cet endroit. Je n'aurais pas pu rester loin de vous plus de quelques jours. »

Allen secoua la tête d'incrédulité. « Je ne sais pas, mec. Si j'avais l'excuse de m'occuper d'un type au lieu de venir au travail, vous ne me reverriez probablement jamais. »

Tout le monde rit à sa blague, mais nous savions tous qu'Allen exagérait. Il adorait le Fallen Nut tout autant que Mitch et moi. Lui et Knox étaient les deux seuls employés qui avaient vraiment mis leurs fonds propres dans cet endroit. C'était une petite somme, mais assez pour qu'ils s'en soucient comme si c'était leur propre entreprise.

« Eh bien, mon ami, c'est la différence entre toi et moi. » Je sortis une bouteille d'eau froide du réfrigérateur sous le comptoir et l'ouvris pour prendre une gorgée. « En plus, Damien est tout à fait capable de prendre soin de lui. J'y étais quelques jours pour m'assurer qu'il avait ce dont il avait besoin et, depuis hier matin, c'est le cas. Alors je suis rentré. Je serais venu hier soir, mais Mitch a juré avoir tout sous contrôle. »

« Eh bien, on est heureux de te retrouver, chef. » Allen tapota mon épaule puis se tourna pour se mettre au travail. « Ces blaireaux ne comprennent pas mes blagues. »

« C'est parce qu'elles ne sont pas drôles ! » Saul passa au moment idéal pour taquiner Allen. C'était une plaisanterie qui durait depuis un moment et qui me rappela comment étaient Mitch et Michael.

Je soupirai et planquai ma bouteille d'eau derrière le bar. « Bon, je suis heureux d'être revenu. »

Tout le monde autour de moi se dispersa et retourna à son travail, mais je me sentais très bien. C'était agréable d'être désiré quelque part. Malheureusement, cette prise de conscience me fit penser à

Damien. Vraiment, je ne pouvais pas m'arrêter de penser à lui... et au fait qu'il ne voulait pas du tout de moi. La façon dont il avait fait mon sac et préparé mes chaussures devant la porte pour que rien ne m'arrête était franchement embarrassante.

Heureusement, je n'eus pas trop le temps de m'appesantir sur mon chagrin ou mon humiliation parce que des clients commencèrent à entrer et je fus bientôt trop occupé pour réfléchir.

Beaucoup de personnes pensent que tirer une bière ou mélanger un cocktail est un boulot facile, quelque chose qu'un idiot peut faire après avoir vu le film de Tom Cruise. Mais ce n'était pas vrai du tout. C'est un art qui m'échappait souvent. Évidemment, je savais quoi mettre dans chaque boisson parce que je savais suivre une recette, mais il fallait plus que simplement verser du liquide dans un verre et le faire passer sur le comptoir. Les clients donnaient de meilleurs pourboires quand il y avait un peu de personnalité. Les barmen qui savaient gérer une pièce pleine de clients se faisaient beaucoup plus d'argent que les types ennuyeux comme moi.

Mais ça m'allait tout à fait. J'avais assez d'argent. Il

était plus important pour Mitch et moi que nos employés se fassent de bons pourboires. Cela leur donnait envie de continuer à travailler pour nous. Et, vu que j'adorais chaque personne de mon équipe comme ma famille, cela voulait dire beaucoup.

Même si j'avais appris une chose ou deux pendant la décennie où Mitch et moi avons possédé le bar. Par exemple, si j'offrais mon oreille à un client, il allait probablement s'ouvrir sur un vrai problème... et il commandait souvent plus que ce qu'il aurait fait s'il était resté silencieux et seul.

Ce truc était utile pendant les périodes creuses, mais, pendant les six heures suivantes, je ne pensais à rien d'autre qu'à servir des boissons à mes clients et m'assurer que tout le monde était en sécurité. Une semaine auparavant, j'aurais pensé qu'il n'y avait pas besoin de s'inquiéter de la sécurité de mes clients en général dans mon bar. Mais, maintenant, j'étais plus avisé. Maintenant, je savais que même si je voulais fortement sauver les gens, je n'en serais pas toujours capable. Quelques fois, les sales types gagnent et les bons perdent. Et ce n'était pas quelque chose que je voulais reconnaître.

Vivre dans un rêve et croire que je pouvais sauver le

monde était bien mieux. C'était le même monde dans lequel je pouvais rencontrer un type comme Damien et ne pas le faire fuir en quelques jours après l'avoir rencontré. Malheureusement, cette réalité était un peu plus dure à ignorer. Il semblait que, quelles que soient mes intentions, il y aurait toujours ma personnalité écrasante pour faire fuir les gens.

17

DAMIEN

Les piles de travail qu'il fallait terminer étaient une très bonne façon de passer la journée. En fait, la corbeille débordante sur mon bureau avait été une vision agréable lorsque je suis arrivé la première fois, une semaine auparavant. Cela voulait dire que j'allais être occupé et être occupé voulait dire que je n'allais pas me morfondre. Bon, cela n'était pas incompatible, mais rester occupé aida beaucoup mon état d'esprit. Et cela fut utile vu que nous étions très occupés ces jours-ci. Toute la glace extérieure avait fondu à Oak Grove et dans les environs, alors la patinoire était remplie de personnes à la minute où elle ouvrait jusqu'à la minute où elle fermait.

Je le savais parce que j'étais aussi au stade à la

minute où il ouvrait jusqu'à la minute où il fermait.

Où pouvais-je être sinon ?

J'avais un siège inclinable dans mon bureau pour faire des siestes dans la journée si j'étais très fatigué, mais, la plupart du temps, j'évitais de dormir. Surtout de dormir dans mon lit. Les draps sentaient toujours comme Justin. Merde, maintenant je pensais de nouveau à lui. Je baissai la main pour tirer sur ma queue à travers mon pantalon et décidai d'aller marcher. Si je ne me levais pas pour m'étirer au moins une fois toutes les deux heures, j'étais dans un monde de douleur à l'heure du dîner.

J'allai vers la porte de mon bureau et levai les bras jusqu'à ce que mes poignets soient accrochés au-dessus du cadre de la porte. Une fois bien fixé, je me penchai en avant et me pendis dans l'ouverture pendant un moment pour étirer complètement les muscles tendus de mon dos. Cela aidait à soulager un peu de la tension que je ressentais depuis que Justin était parti de chez moi la semaine précédente.

Mais pas tout.

Elle restait en majorité et me rongeait pour que je passe lui dire bonjour.

J'avais pensé à m'arrêter au bar tous les soirs, mais je n'en avais pas les couilles. Je pouvais juste entrer et dire bonjour, peut-être prendre un verre. Mais cela me semblait simplement pathétique. Ce n'était pas un problème en soi. Mon ego était d'accord pour avoir l'air pathétique de temps en temps. Cela faisait partie de l'expérience humaine et je m'en foutais si les gens pensaient que j'étais désespéré ou dominé.

Mais je ne pensais pas que Justin trouverait ça attirant.

Justin parlait toujours de prendre soin des autres, mais je ne l'avais pas entendu une fois parler de celui qui prenait soin de lui. Je suspectais que c'était parce qu'il n'y avait personne. Pas parce qu'il n'avait pas beaucoup de personnes aimantes autour de lui qui voulaient l'aider à faire des choses fantastiques dans sa vie, mais parce qu'ils ne les laissaient pas faire. Et si un alpha avait eu un jour la chance de revendiquer Justin, c'était l'homme le plus chanceux du monde.

J'ÉTAIS ASSEZ fort pour continuer à rouler quand je passais devant le Fallen Nut, mais je n'avais pas le courage de ne pas demander à Steve s'il avait vu Justin à une des occasions où il était passé à son bar. Steve gardait toujours la bouche cousue sur ce qu'il y voyait et je me dis que cela signifiait que Justin flirtait avec d'autres clients ou ses employés.

Steve était un bon ami. J'appréciai qu'il ne me donne pas les détails sordides. Je n'avais pas besoin de savoir.

Même si j'aurais préféré savoir s'il n'y avait pas de détails sordides dès le départ. Mais ce n'était pas réaliste. Justin était un homme attirant dans la fleur de l'âge. C'était un oméga malin qui possédait un bar qui attirait beaucoup d'autres alpha et oméga de toute la ville.

Il méritait d'avoir le beurre et l'argent du beurre.

J'étais toujours fier de moi quand je pouvais trouver des trésors de raisonnement adulte comme ça. Mais ces idées étaient fugaces. Même si je voulais me convaincre que cela ne me dérangeait pas que Justin sorte avec d'autres gars, même simplement pour des plans cul, ce n'était pas le cas. Quelque chose mourrait en moi chaque fois que cette pensée me venait à l'esprit.

Il ne devait juste pas en être ainsi.

Justin était supposé me vouloir, moi.

Merde, j'essayai tellement fort de ne pas réfléchir comme ça. Même dans ma tête j'étais mesquin et triste. Mais, peu importe à quel point j'essayai de me pousser à croire le contraire, ces six mots n'arrêtaient pas de tourner en boucle dans ma tête.

Quand le feu devant le bar passa au vert, j'appuyai sur la pédale et roulai vers ma maison. Elle serait vide et sans vie quand j'entrerai, mais c'était visiblement ma croix à porter.

Trois semaines après être revenu au travail, j'étais en train de manger mon déjeuner dans les gradins et de voir une petite équipe de curling prendre une leçon. Les gamins sur la glace devaient être quatre ou cinq et la plupart d'entre eux pouvaient à peine rester debout sur les patins, mais il était évident que chacun d'entre eux voulait mettre la main sur un balai. Et quand c'était à leur tour de jeter une pierre, la joie sur leur visage rivalisait avec un matin de Noël. Ils avaient l'air si heureux d'être là, même s'ils n'avaient aucune idée de ce qu'ils faisaient.

C'était incroyable.

« Ils sont mignons, non ? » Kyle s'assit à côté de moi avec un coca dans la main.

« Oui. » Je souris, un des premiers vrais sourires que j'ai réussi à faire depuis des semaines. « Je me souviens la première fois que j'ai tenu une pierre. » Le souvenir n'était pas très frais, mais j'avais toujours la cicatrice sur mon tibia quand j'avais lâché la pierre réglementaire et qu'elle avait rebondi sur mon patin et fait un trou dans ma jambe. « Je savais que je ne voulais plus jamais la reposer. »

Kyle prit une gorgée de son coca et regarda les gamins. « Dommage qu'on doive probablement annuler ce cours. »

« Quoi ? » Je me tournai vers lui pour voir s'il plaisantait. « Pourquoi tu vas faire ça ? Il y a assez de gamins pour remplir deux groupes. »

Il hocha la tête, mais ne me regarda pas. « Je sais, mais Sid a besoin de prendre du repos. Son oméga doit garder le lit, alors il a besoin de rester à la maison les deux prochains mois. Puis, le bébé sera là, il a prévu de prendre encore trois mois. »

« Personne d'autre ne peut le faire ? » Dès que les mots furent sortis de ma bouche, je sus ce que Kyle était en train de faire. Il essayait de me faire faire les cours. « Et Jenkins ? »

« J'ai demandé et personne ne peut le faire. » Kyle se tourna lentement vers moi, un sourcil levé. « À moins que tu ne veuilles. »

Je me penchai en avant, les coudes sur mes genoux et serrai les mains l'une contre l'autre. « Sérieusement ? Je n'ai jamais enseigné à des gamins avant. »

« Il y a une première fois pour tout. » Kyle indiqua un petit gamin blond au fond du groupe. « Celui-là, là-bas, c'est Joey. Il va être bon. »

Je gloussai. « Il est à peine sorti des couches. Comment sais-tu qu'il va être bon ? »

Kyle garda les yeux sur le gamin. « Ça se voit. Il est calme et observateur. Il reste toujours au fond et regarde tous les autres faire des erreurs. Puis, quand c'est à son tour de jeter, il tape dans le mille à chaque fois. Ce gamin a du contrôle et de la puissance et il n'a que cinq ans. »

Ça serait plutôt intéressant de travailler avec des gamins qui apprenaient juste à jouer. La technique était importante, évidemment, mais aussi le fait de s'amuser. Si un gamin avait une mauvaise expérience quand il était petit, il ne jouerait plus jamais. « Ça prend beaucoup de temps ? »

Kyle ouvrit la bouche pour répondre puis gloussa. « Je pensais que tu allais demander combien ça payait. »

Je grognai. « Je suis à peu près sûr que la réponse est zéro, alors je ne m'en fais pas trop. Je me demande juste combien de temps me prendra le reste. »

Les yeux de Kyle s'agrandirent, tout comme son sourire. « Tu n'as pas fait très attention autour de toi, si ? »

« De quoi tu parles ? » Il avait raison. Je ne faisais pas attention à ce qu'il se passait dans le stade. Je faisais mon travail, je jouais à mon sport et c'était tout. Maintenant que je n'avais plus le curling pour m'occuper, ma vie tournait autour de mon travail et de mon sommeil.

« Ces gamins viennent de familles riches. Leurs parents lâchent plus de 5000 $ par mois pour que leurs enfants suivent des cours ici. Si tu es l'entraîneur, on pourra probablement prendre le double. »

Ma mâchoire s'affaissa, j'étais choqué que quiconque mette non seulement autant d'argent dans le sport d'un enfant, mais qu'ils soient capables de le dépenser. « C'est pas vrai. »

« Je suis sérieux, Damien. J'ai un peu tâté le terrain et, si tu prends deux cours par semaine, tu te feras plus que ton salaire actuel. »

« Tu te fous de ma gueule ! Pourquoi tu n'en as pas parlé plus tôt ? » Et pourquoi est-ce que j'ai fait l'université ? Je pouvais me faire plus d'argent en faisant le sport que j'aimais plus que tout au monde. Merde.

Kyle éclata de rire. « J'en ai parlé. Au moins une fois par mois. Tu n'as jamais écouté. Tu balayais ça d'un revers de main et tu partais, alors j'ai compris que tu n'étais pas intéressé. »

Je ne pouvais pas nier la vérité. Et ce genre de conversation me disait quelque chose. « Eh bien, je n'étais pas intéressé. Mais maintenant que je cherche une bonne planque, les choses ont changé. »

18

JUSTIN

Le tintement de la sonnette de la porte arrière me réveilla en sursaut. Je n'avais même pas réalisé que je m'étais endormi sur mon bureau, mais je n'étais pas surpris. Je me sentais fatigué depuis une semaine et j'étais assez certain que je couvais quelque chose. Je me bourrais de vitamine C pour m'aider à repousser les microbes qui essayaient d'envahir mon corps, mais rien ne faisait effet. « J'arrive. »

Je repoussai ma chaise et allai lentement vers la porte arrière. Nous devions recevoir quelques fûts, alors j'étais venu plus tôt, mais, quand je vis la rangée de fûts qui devaient être roulés dans les camions, je souhaitai immédiatement faire venir

Mitch à ma place. C'était un travail d'alpha. Pas parce que les oméga sont faibles et soumis, mais parce que les alpha sont grands et larges, ce qui rend beaucoup plus facile de manœuvrer un chariot en aluminium avec soixante kilos de bière et de métal dessus.

Je le faisais quand j'étais plus jeune, mais à trente-cinq ans je ne me sentais plus aussi jeune que quelques mois auparavant. Je pensais avant être inarrêtable, comme Superman. Maintenant, j'étais presque inébranlable, comme un supermarché.

J'étais vraiment en train de tomber malade.

Et je rejetais toute la faute sur Damien Marco. Ce beau connard m'avait fait craquer et puis il m'avait envoyé balader sans ménagement. Si je ne l'avais pas rencontré, je serais toujours un oméga heureux et insouciant qui aimait aider les autres.

Maintenant, j'étais brisé de la tête aux pieds. Pas seulement mon cœur, mais je sentais que chaque os de mon corps avait été écrasé et recollé. Tout me faisait mal et j'étais tellement fatigué. Mon père avait fait une dépression après la mort de Michael et tout ce qu'il faisait c'était dormir pendant des mois.

Je ne voulais pas penser que c'était ce qu'il se passait avec moi, mais il était de plus en plus dur de nier les faits. Ce qui voulait dire que j'avais probablement besoin de parler à un thérapeute au plus tôt pour affronter mes sentiments persistants pour Damien.

Depuis le jour où j'étais sorti de la maison de Damien sans regarder en arrière, je n'avais plus entendu parler de lui. J'avais rêvé qu'il passe au bar un soir juste pour parler. Mais si cela n'était pas encore arrivé, cela n'arriverait jamais. Damien Marco était un homme superbe avec un corps incroyable. Il était impossible qu'il renonce à ça pour quelqu'un comme moi.

Il l'avait prouvé quand il m'avait foutu à la porte de chez lui alors qu'il me connaissait depuis une semaine.

« J'aurais aimé aider, mais je ne suis pas dans mon assiette. » Je tins la porte ouverte pour le type et lui indiquai la pièce de stockage. « Vous pouvez les empiler ici. »

« Bien sûr. » Il roula le chariot jusqu'à la pièce de stockage et déposa facilement le fût.

Simplement le regarder me fatiguait. « Je serai dans mon bureau si vous avez besoin de moi. »

« Aucun problème. Ça ne va pas être long. »

Alors que je revenais dans mon bureau, Knox entra derrière moi avec un regard inquiet sur le visage. « Salut, chef. Tout va bien ? »

« Ouais, tout va bien. » Je tombai sur une chaise et soupirai. « Je suis juste fatigué. Je pense que tout ce qu'il s'est passé avec Damien commence à me rattraper. »

Knox posa les deux coudes sur les bras de sa chaise et se pencha. « Qu'est-ce qu'il s'est passé exactement entre vous ? »

Je gloussai. « Si seulement je savais. Les choses allaient très bien et puis plus du tout. Littéralement, d'une minute à l'autre. Je ne sais pas ce qui l'a mis en colère, mais je pense que j'étais trop excessif, comme d'habitude. » Je fis un sourire narquois en sachant que Knox connaissait très bien mes tendances mère poule. « J'étais *trop* et il n'en voulait pas. »

Knox était silencieux alors qu'il me regardait de l'autre côté du bureau. « Je suis vraiment désolé,

Justin. Tu mérites un type super et on ne dirait pas que c'est lui. »

Je secouai une fois la tête. « Il n'a rien fait de mal. Je ne sais pas exactement ce que j'ai fait de mal, mais il y a eu quelque chose qu'il a vu en moi qu'il n'a pas aimé. Mais ça va. Un jour, je trouverai un alpha. Pendant une fraction de seconde, j'ai pensé que c'était Damien. » Je me tournai pour regarder par la fenêtre et je souris. « Et, oui, je sais que ça a l'air idiot. Je ne le connaissais que depuis quelques jours, mais j'avais l'impression que je pouvais l'aimer. »

« Tu plaisantes ? » Knox rit de bon cœur. « Tu tombes amoureux des gens à la minute où tu les rencontres. Je ne suis pas surpris du tout que tu aies eu des sentiments pour lui, même si vous veniez de vous rencontrer. Tu es comme ça. »

Knox se leva et croisa ses bras devant sa poitrine en baissant les yeux vers moi. « Je sais personnellement ce que c'est que d'aimer quelqu'un et de le perdre. J'aimais Michael de tout mon cœur, même si je ne l'ai connu que peu de temps. Et il m'aimait beaucoup aussi. Nous avions juste besoin d'un peu plus de temps pour tout mettre en ordre. » Il gloussa amèrement au souvenir. « Nous pensions que nous avions l'éternité devant nous, alors un mois ou deux ça n'était pas un gros problème. Et puis il est parti. Pour toujours. »

J'essuyai une larme sur ma joue en me rappelant la mort de mon frère. Il aimait Knox aussi profondément que Knox l'aimait. Mais ce n'était pas exclusif parce que Knox vivait dans une ville différente. Je pense que c'était la façon qu'avait eue Michael de faire déménager Knox plus tôt. Mais le seul rendez-vous auquel il était allé pour rendre Knox jaloux avait fini par être la dernière fois où on l'avait vu vivant.

« Je suis désolé d'évoquer ça, Justin. Je sais que ça te fait du mal de parler de Michael. Mais je ne me pardonnerai jamais de ne pas l'avoir revendiqué quand j'en avais l'opportunité. »

Mes yeux se dirigèrent sur Knox et je le fixai. « Si Damien veut me revendiquer, il sait où je suis. Visiblement, ce n'est pas le cas. »

Knox haussa les épaules comme si cela ne voulait rien dire pour lui. « Simplement parce qu'il n'a pas la chance d'avoir quelqu'un comme moi dans sa vie pour lui dire quoi faire ne veut pas dire que tu devrais rester là à attendre. Si tu veux quelque chose, tu dois aller le chercher. » Il sourit. « Au moins, demande. »

Cela avait l'air super, mais la vie n'était pas toujours aussi simple.

Knox leva un sourcil. « Tu es un oméga fort, Justin. Ne laisse pas quelque chose que tu aimes s'éloigner simplement parce que tu as peur de le demander. »

19

DAMIEN

Travailler avec les enfants était en fait beaucoup plus drôle que je m'y attendais. Kyle avait raison à propos du petit Joey. Il avait le talent naturel de savoir exactement ce qu'il devait faire pour mettre la pierre où il voulait. Je connaissais des joueurs de curling professionnels qui n'avaient pas le niveau de ce petit garçon. C'était excitant de le voir se développer et grandir au quotidien.

Et Kyle n'exagérait pas concernant l'argent.

Deux cours par semaines ne surpassaient pas mon salaire comme analyste financier du stade, mais les parents de Joey décidèrent de m'embaucher pour des leçons privées quotidiennes. Une fois qu'ils firent ça, les trois autres parents demandèrent la même chose. Je pensais être capable de prendre en charge l'entraînement et de garder mon job habituel pour Kyle, mais maintenant que l'entraînement était à plein-temps, je ne savais pas combien de temps j'allais pouvoir faire les deux.

Heureusement, tout cela ne dérangeait pas Kyle. Il avait dit dès le début que j'avais plus de valeur comme entraîneur que comme analyste financier. Il pouvait embaucher un autre pour ça, mais, selon lui, il n'y aurait jamais d'autre Damien Marco. Il flattait mon ego pour me faire faire l'entraînement, mais c'était quand même agréable d'entendre que quelqu'un pensait ça de moi. Pas la seule personne au monde que j'aurais voulu intéresser, mais je prenais tout ce qui venait.

En plus, mes jours comme grand manitou étaient comptés. Joey allait probablement me battre avant d'apprendre les tables de multiplication.

Mon poignet répondait bien à la kinésithérapie, mais mes médecins ne pensaient pas que je retrouverais plus de 80 % de ma fonctionnalité précédente. Cela signifiait que mes rêves d'être un joueur de curling professionnel étaient officiellement morts. Étonnamment, cela m'allait bien. Pas dans le sens où je ne voudrais pas changer les choses si je le pouvais. Je m'étais résigné au fait qu'atteindre les JO était une réussite incroyable et que j'aurais adoré le faire, mais c'était juste l'un des objectifs sur lesquels je devais me concentrer. Et maintenant qu'il n'en était plus question, je pouvais enfin me détendre un peu et respirer.

Si les choses à la maison avaient été mieux, j'aurais dit que ma vie allait très bien. Malheureusement, seules les choses au travail s'étaient améliorées. À la maison, j'étais toujours une putain d'épave. Chaque fois que je passais la porte, un éclair d'espoir me remplissait avec l'idée que Justin m'attendait peut-être à l'intérieur.

C'était dingue et cela n'avait aucune chance d'arriver, mais je ne pouvais m'empêcher de souhaiter que les choses se soient passées différemment entre nous.

Il était presque neuf heures quand j'ai enfin allumé la télé et que je me suis laissé tomber devant avec un croque-monsieur dans la main. Je ne mangeais pas sainement non plus ces derniers temps, mais ce n'était pas un changement énorme par rapport à ma routine habituelle.

J'allais appuyer sur le bouton de la télécommande pour changer la chaîne quand, je vis aux infos du soir le nom Fallen Nut passer à l'écran. Mon cœur s'arrêta presque quand la présentatrice dit que des coups de feu avaient été tirés dans le bar oméga local et qu'il était pour le moment verrouillé pendant que les suspects étaient recherchés.

Des coups de feu ? Ça ne pouvait pas être vrai.

Je décrochai mon téléphone et appelai Justin pour m'assurer qu'il allait bien, mais je tombai directement sur le répondeur. « Putain de merde. » Je me levai et fixai l'écran en essayant de voir Justin dans la foule de personnes entourant le bar. Évidemment, je ne le vis nulle part.

La dame aux infos fit un signe de tête à quelqu'un hors cadre et puis se retourna vers la caméra. « On nous rapporte que quelqu'un est blessé dans le bar. L'identité de la victime n'a pas été confirmée, mais on spécule qu'il s'agit de l'un des propriétaires. Nous n'avons aucun autre détail pour le moment. »

Justin.

Je n'ai même pas pris la peine de mettre une chemise ou des chaussures. Je sortis en courant de ma maison avec seulement mon pantalon de jogging sur moi et mes clefs dans ma main. Je devais aller au Fallen Nut pour m'assurer que Justin allait bien. Putain, j'aurais dû y passer plus tôt. Le besoin de le voir avait été même plus fort que d'habitude, mais, encore une fois, je l'avais ignoré. Mon instinct m'avait dit que quelque chose se passait et que Justin avait besoin de moi, mais je ne l'avais pas suivi. J'étais simplement rentré chez moi m'asseoir comme un trou du cul pendant que l'on tirait sur quelqu'un dans le bar de Justin. « Je vous en prie, faites que ça ne soit pas lui. »

Je passai rapidement une vitesse et démarrai comme si j'avais le diable à mes trousses, voulant à tout prix voir Justin de mes yeux pour pouvoir écraser toutes les images horribles qui me traversaient l'esprit.

À plus d'un pâté de maisons du bar, les routes étaient fermées. Je m'arrêtai et courus le reste du chemin pieds nus. De petits graviers et Dieu sait quoi d'autres, s'incrustèrent dans la plante de mes pieds, mais je m'en fichais. Je devais voir Justin.

Le désespoir en moi était plus fort que jamais alors que j'approchai du bâtiment. Je ne pouvais pas avancer parce que les bâtiments de chaque côté du Fallen Nut étaient barricadés et que les officiers de police ne me laissaient pas passer.

« Je suis désolé, Monsieur. Vous allez devoir attendre ici. » Un officier m'arrêta alors que j'essayai de sauter le ruban.

« J'ai juste besoin de savoir qui a été blessé. C'est un des propriétaires ? L'alpha ou l'oméga ? Vous avez un nom ? » Je débitai des questions à ce pauvre homme comme un fou.

Il était compatissant, mais d'aucun secours. « Nous n'avons pas d'information supplémentaire pour le moment. Nous sommes toujours en train de sécuriser la scène de crime, nous vous dirons dès que nous en saurons plus. »

« Non, mon oméga est là-bas. C'est un des propriétaires. Il a été blessé ? » Je savais que je trompais un peu l'officier, mais, dès que je l'eus dit, je savais à quel point ces mots étaient vrais.

Justin était mon oméga.

Et j'étais son alpha.

Peu importe ce que disait ce trou du cul, j'allais m'assurer que Justin était en sécurité. Dès que l'officier tourna le dos, je sautai par-dessus le ruban et commençai à courir vers la porte d'entrée.

J'y arrivai presque avant que tout mon corps soit emprisonné par un pic d'électricité qui me gela sur place. Je ne me rappelle plus ce qu'il s'est passé après, mais, quand j'ai rouvert les yeux, j'étais à l'arrière d'une voiture de patrouille les mains menottées dans le dos.

Je ne sais pas combien de temps avait passé, mais je fixai la porte d'entrée du bar pendant un moins dix bonnes minutes sans cligner des yeux avant qu'elle s'ouvre et qu'un ambulancier sorte une personne sur un brancard.

Au début, je ne pouvais pas voir qui c'était. Mais je pouvais voir que le patient bougeait et était bien vivant. C'était bon signe. Mais, alors que l'ambulancier rapprochait la personne agitée de moi, mon cœur s'arrêta de battre. Justin tourna la tête et regarda directement vers moi.

Ses yeux s'écarquillèrent de confusion quand il vit que j'étais à l'arrière d'une voiture de police.

Mon sang commença à bouillir quand je vis qu'il était couvert de sang. Je ne pouvais pas ouvrir la porte avec les mains dans le dos, alors j'ai frappé mon front contre la fenêtre pour attirer l'attention de quelqu'un. « Laissez-moi sortir. Mon oméga est blessé. »

Personne à côté de la voiture ne regarda vers moi, alors je sus qu'ils ne pouvaient pas m'entendre. Mes yeux étaient fixés sur Justin et il soutint mon regard alors qu'il était emmené vers une ambulance et roulé à l'intérieur.

Je hurlai et sautai sur place en espérant que quelqu'un me remarque. « Laissez-moi sortir ! Il faut que je sorte de là. »

L'ambulance partit et je me laissai retomber sur le siège en déchirant mes poignets pour essayer de retirer ces putains de menottes. Le peu de progrès que j'avais fait dans ma guérison fut officiellement foutu en l'air par les nouveaux dégâts que je créai. J'allais probablement avoir besoin d'une nouvelle opération après ça, mais cela n'avait aucune importance si je devais recommencer du début jusqu'à ma guérison. Je devais être auprès de Justin.

« Putain ! »

À ce moment-là, un officier ouvrit la porte de devant et passa la tête dans la voiture pour me regarder. « Tout va bien ici ? »

« Non, nom de Dieu. Il faut que je sorte d'ici. Mon oméga était blessé et vient de partir en ambulance. Vous savez où ils l'emmènent ? Il faut que j'aille le voir. »

Le type soupira et regarda dans le parking. « Ce type est votre oméga ? »

« Oui. Justin Bracken. S'il vous plaît, vous devez me laisser sortir. J'étais juste inquiet pour lui quand j'ai sauté le ruban. Je ne suis pas méchant. S'il vous plaît. »

L'officier fit une longue expiration et secoua la tête. « Laissez-moi voir quel genre de papiers on a déjà remplis sur vous. Si je peux vous laisser partir avec un avertissement, je le ferai. Mais je ne vous promets rien. »

Je hochai vigoureusement la tête en priant qu'il soit rapide. « Merci. »

L'homme haussa les épaules. « Je ne sais pas comment je me sentirais si mon oméga avait été là-bas, alors je vais voir ce que je peux faire. »

20

JUSTIN

« Ça va. » Je portai la main à mon oreille et grimaçai, car elle était incroyablement douloureuse. « Ce n'est qu'une égratignure. »

L'ambulancier du SAMU mit le tensiomètre autour de mon bras et hocha la tête. « Peut-être, mais il faut laisser le médecin regarder. »

Je soufflai, ennuyé qu'il y ait d'autres personnes blessées dans mon bar alors que j'étais à l'arrière d'une putain d'ambulance. « Il faut que je m'assure que tout le monde va bien. Et pourquoi cet homme était dans la voiture de police ? »

Quand j'avais vu Damien à travers la vitre pare-balle d'une voiture de patrouille, j'avais pensé que j'étais mort et que j'avais une expérience extracorporelle. Mais après j'ai réalisé qu'il était en fait à l'arrière d'une voiture de police en train de crier à travers la vitre et de frapper sa tête contre la fenêtre. Je ne pouvais pas entendre ce qu'il disait, mais il était visiblement agité.

Dès que j'y pensais, cela commença à avoir un peu plus de sens.

Si Damien avait découvert qu'il y avait eu un accident dans mon bar, il était peut-être venu pour vérifier. En le connaissant, il avait probablement pété un plomb et il s'était attiré des ennuis. Ce n'était pas bien, mais cette pensée me fit sourire. Il ne me détestait peut-être pas après tout. Cela me fit sourire encore plus.

« Vous allez bien ? » L'ambulancier agita ses doigts devant mes yeux comme s'il pensait que j'étais inconscient. C'est vrai que je devais probablement avoir l'air d'un fou couvert de sang avec un sourire effrayant sur le visage. Puis je me rappelai à quel point j'étais en colère. « Non, je ne vais pas bien. Je suis retenu contre ma volonté et on me force à aller à l'hôpital pour une petite coupure. J'ai juste besoin d'un petit pansement. »

« Écoutez, je ne sais pas si vous vous êtes vu dans un miroir, mais vous avez perdu la moitié de votre oreille. Vous avez besoin de points de suture. »

En fait, je n'avais pas vu les dégâts et, s'il avait raison, cela avait l'air plutôt affreux. « Très bien, on peut se dépêcher et en finir. J'ai un bar rempli des personnes dont je dois m'occuper. »

« Quand on vous a sorti, un type nommé Allen a dit qu'il allait rester avec la police pour s'assurer que tout le monde allait bien. Il semblait avoir tout sous contrôle. »

Cela me fit me sentir mieux. Allen savait ce qu'il faisait et il pouvait fermer le bar. En plus, Mitch était probablement déjà là.

L'ambulancier commença à me poser une série de questions. Il me demanda tout, de ma taille et mon poids à mon groupe sanguin et si j'avais eu des grossesses. « Aucune », dis-je sèchement en fermant les yeux pour éviter les lumières vives de l'intérieur du camion.

« De quand date votre dernière relation avec pénétration ? »

Je me tournai pour regarder cet homme afin de voir s'il plaisantait, flirtait ou quoi. Étonnamment, il était tout à fait sérieux. « Vraiment ? Vous devez me demander ça ? »

« Désolé, je sais que c'est très personnel, mais l'antidouleur que nous donnons en général n'est pas conseillé pendant les premiers stades de grossesse. Alors il faut complètement écarter cette éventualité. »

Je déglutis avec difficulté et hochai la tête. « Ouais, je pense que c'était il y a cinq ou six semaines. » Ça faisait déjà si longtemps ? J'avais l'impression que cela faisait des années depuis que j'avais vu Damien la dernière fois. Juste avant la catastrophe, j'avais failli lui envoyer un message pour dire bonjour. J'avais essayé de me justifier en me disant que je prenais des nouvelles de sa convalescence.

J'avais entendu dire par des clients que Damien entraînait des enfants au stade, mais il ne savait pas que je le savais. L'image de lui entouré d'un tas de petits gamins sur des patins branlants me fit sourire. Au moins, il faisait encore ce qu'il aimait, même s'il n'allait pas avoir la même gloire.

« On va devoir faire un test dès qu'on arrive à l'hôpital. Je peux vous donner du paracétamol, mais rien de plus fort. »

« Ça va. » J'étais toujours plein d'adrénaline parce que, lorsque je ne touchais pas mon oreille, cela ne me faisait pas mal du tout. Je savais que ça ne durerait pas, mais je me dis que je pouvais profiter de l'antidouleur naturel de mon corps aussi longtemps que possible.

Quand j'aurais fait le test, ils pourraient me donner les vrais médocs puisqu'il était en fait impossible que je sois enceint. Les inhibiteurs que je prenais faisaient aussi contraception et le taux d'efficacité était de plus de 98 %. Selon mon médecin, les 2 % qui tombaient enceints avec, étaient habituellement des couples de sang, le genre de couples qui sont physiquement attirés l'un par l'autre à cause de leurs atomes crochus.

Définitivement, pas n'importe quel oméga qui avait rencontré n'importe quel alpha dans un bar.

21

DAMIEN

Je ne partis pas plus de vingt minutes après l'ambulance, mais cela me prit un moment pour faire en sorte que quelqu'un me donne le numéro de chambre de Justin après être arrivé aux urgences. Une fois que je sus qu'il était au troisième étage, je montai les escaliers en courant et suivis les panneaux pour trouver où il était.

L'équipe me lançait des regards noirs quand je courais dans les couloirs, alors je dus me forcer à marcher calmement en essayant de garder mon sang-froid même si je pétais les plombs à l'intérieur. Quand je trouvai enfin la chambre de Justin, je m'arrêtai devant pour respirer un peu et me calmer. Je ne voulais pas qu'il voie que j'étais stressé, surtout juste après m'avoir vu à l'arrière de la voiture de police. Il avait probablement peur de moi maintenant, ce qui était la dernière chose que je voulais qu'il ressente.

Je tournai précautionneusement la poignée et la poussai juste assez pour m'assurer d'être dans la bonne chambre. Au moment où je fis un pas à l'intérieur, le médecin prononça trois mots que je ne m'attendais pas à entendre. « Vous êtes enceint. »

« Quoi ? » Justin semblait tout aussi choqué que moi et je ne savais pas quoi faire.

Je savais que j'envahissais son intimité et que j'aurais dû sortir de la chambre, mais je ne pouvais simplement pas. Au lieu de ça, j'entrai complètement et je le fixai des yeux.

Les yeux de Justin s'éclairèrent quand il me vit. « Damien, tu es là. »

Le médecin nous regarda tous les deux, puis se retourna vers Justin. « Vous voulez que je lui demande de partir ? »

« Non. » Justin tritura l'ourlet de sa chemise puis leva de nouveau les yeux vers moi. « C'est le père. »

Un tout nouveau sentiment d'inquiétude pour le

bien-être de Justin m'envahit quand j'allai vers son lit. Dès que je fus assez proche, j'attrapai sa main avec mes deux mains. « Ça va ? »

Justin sourit et me serra la main. « Ouais. C'est juste une coupure. »

Je regardai le côté de son visage et il était recouvert de sang séché. « Tu es sûr ? »

Le médecin s'éclaircit la gorge et passa de l'autre côté du lit. « Je ne pense pas que ça ait besoin de plus de deux ou trois points de suture. Je vais envoyer quelqu'un pour s'en charger dans quelques minutes et vous pourrez partir dans peu de temps. »

« Merci, docteur. » Justin jeta un œil au médecin avant qu'il parte puis me donna toute son attention. « Ça va ? »

Je hochai la tête et me penchai pour l'embrasser légèrement sur la bouche. « Je suis vraiment soulagé que tu ailles bien. »

« Moi aussi. » Sa main alla sur son ventre et il me fit un regard coupable. « Je ne savais pas. »

Je mis ma main sur la sienne et souris. « Je suis vraiment très heureux, Justin. Je n'arrive pas à dormir sans toi. Si ça n'était pas arrivé, j'allais m'effondrer dans quelques jours et venir te parler. »

Justin gloussa de ma confession. « Moi aussi. J'ai failli t'appeler ce soir avant que tout aille de travers. »

C'est alors que je me rappelai pourquoi diable on était à l'hôpital pour commencer. « Mais qu'est-ce qu'il s'est passé ? Qui t'a fait ça ? »

Justin me tint la main pour me calmer. « Ça n'est pas aussi grave que ça en a l'air. »

« J'espère parce que ça a l'air grave, tu as une blessure par balle à la tête alors que tu es enceint de notre bébé. »

Justin fit un grand sourire et je me demandais ce qui était aussi amusant. Mon abattement devant sa blessure ou le fait qu'il porte notre enfant.

J'avais la forte intuition que je connaissais la réponse.

« Un idiot est entré avec une fausse arme à feu et la montrait à tout le monde. Un autre idiot l'a vue et a cru que c'était une vraie, alors il a sorti une vraie arme à feu et a tiré sur le premier idiot. » Justin gloussa et leva les yeux au ciel comme si ça n'était qu'une grosse blague.

Maintenant qu'il était enceint, les choses allaient vraiment devoir changer. Mais, pour le moment, je voulais simplement entendre son histoire. « Et alors, qu'est-ce qu'il s'est passé ? »

« J'ai vu ce qui allait se passer et j'allais les foutre tous les deux dehors, mais l'idiot numéro deux a cru que j'essayais de l'attaquer et, quand il m'a arraché l'arme, le coup est parti accidentellement et m'a touché à l'oreille. »

« Tout ça, c'était un accident ? » Je reculai et regardai Justin, en état de choc. « Si ça avait été quelques centimètres sur le côté, tu serais mort à l'heure qu'il est. Ce n'est pas une blague, Justin. »

« Je sais. » Son sourire retomba et il eut l'air sombre. « Mais je vais bien. »

« Il y a eu d'autres blessés ? » Je croisai les bras devant ma poitrine en grimaçant à la douleur dans mes poignets ensanglantés, mais je l'ignorai.

« Ouais. » Il soupira profondément. « Après que j'ai été touché, les gens ont commencé à paniquer. Tout le monde a flippé et mes gars ont tout d'un coup dû gérer une émeute. » Il secoua la tête et avait vraiment l'air dévasté pour la première fois depuis que j'avais passé la porte. « Je suis pratiquement sûr que quelqu'un a failli être piétiné en essayant d'atteindre la porte. Je n'en suis pas sûr, mais il faut que je parte d'ici pour retourner voir les choses au bar. »

« On n'en a rien foutre de ce bar ! » Maintenant, j'étais en colère. « Tu vas rester ici et faire ce que les médecins te disent. Tu n'es plus n'importe quel type, Justin. Tu es enceint et en couple. Tu comprends ? »

« En couple ? » Il leva des yeux vitreux vers moi. « Genre, définitivement ? »

Je levai les mains de frustration. « Oui, définitivement. Tu ne le sens pas ? Nous sommes un couple de sang, Justin. » Je pris une inspiration et baissai la voix en reprenant sa main dans la mienne. « J'aurais dû le voir plus tôt, mais j'étais trop stupide et trop pris dans ma propre merde pour réaliser ce qu'il se passait entre nous. Je suis désolé que nous ayons perdu tout ce temps. »

Justin secoua la tête alors qu'une larme coulait sur sa joue. « Mais tu étais tellement furieux contre moi. Tu m'as foutu dehors après deux nuits. Comment est-ce qu'on peut être un couple de sang ? »

Je grognai, embarrassé d'avoir à admettre que j'avais été stupide. « Je n'étais pas furieux contre toi. J'étais jaloux. »

« Jaloux ? De quoi ? » Il se décala pour que je puisse m'asseoir sur le lit à côté de lui.

« De tous les types avec qui tu travailles. Je sais que c'est idiot, mais, chaque fois qu'un joli alpha t'appelait pour bavarder, je réalisais que je ne pouvais pas rivaliser avec eux. Et que je ne serais jamais d'accord avec ça. Tu n'as rien fait de mal, mais c'est vraiment dur pour moi de savoir que tu passes tout ce temps avec d'autres alpha quand tu es supposé être à moi. »

« Je veux être à toi », dit-il tranquillement. « Et je te promets qu'il n'y a personne d'autre. Mes employés sont des amis et ils sont aussi importants que la famille, mais ce que je ressens pour toi est différent. Très différent. »

« Ah ouais ? » Je me penchai et frottai mon nez contre le sien. « Différent comment ? »

Il fit un grand sourire. « Eh bien, disons simplement

que je ne m'imagine le nœud de personne d'autre verrouillé dans mon cul tous les matins et sous chaque douche et tout le long de la journée... et toutes les nuits. »

Je ris de sa liste en sachant exactement ce qu'il voulait dire. « Alors tu veux être mon oméga ? Définitivement ? »

Il hocha la tête et m'embrassa doucement. « Définitivement. »

22

JUSTIN

« Ironique, non ? » Mitch pinça les coins de ma veste et les réajusta. « Tu te maries en coup de feu... après avoir littéralement reçu une balle. »

Je giflai mon idiot de frère et soupirai. « Ouais, eh bien, je ne me rappelle pas non plus que ton oméga était habillé de blanc... »

Il rit à cette référence. « OK, très bien. J'imagine que, lorsque les garçons Bracken trouvent ce qu'ils veulent, ils ne laissent pas de petites choses comme les alliances ou le manque d'alliance les arrêter. »

« Exactement. » Je regardai Mitch dans le miroir et j'essayai de tenir mes émotions à distance. « J'aurais aimé que Michael soit là. »

Il hocha la tête, la mâchoire serrée. « Moi aussi. Mais tu sais qu'il nous regarde de là-haut et qu'il approuve complètement nos compagnons. »

Je clignai plusieurs fois des yeux et me tournai pour prendre mon frère dans mes bras. « Merci pour tout, Mitch. Tu as été le meilleur frère que je pouvais demander. »

« Toi aussi, frérot. » Mitch me tint contre sa poitrine pendant un long moment avant que la porte s'ouvre.

Knox passa un œil. « Désolé de vous interrompre, mais on a un fiancé anxieux là-bas qui est prêt à prendre le bureau d'assaut si son oméga ne sort pas son cul d'ici. » Il leva les mains pour se défendre. « C'est lui qui le dit. »

Je gloussai. « Ouais, Damien peut être un peu impatient. »

« Tu es prêt ? » Mitch passa ses bras autour de mes épaules.

« Plus que jamais. »

Je descendis le couloir du Fallen Nut jusqu'à notre lieu de cérémonie improvisé. J'avais dit à Damien que nous pouvions attendre quelques mois ou même faire le mariage après que le bébé fut né, mais il ne voulait pas en entendre parler. Il avait voulu aller au tribunal en rentrant de l'hôpital, mais j'avais réussi à lui faire accepter un mois d'avance pour que nos amis et notre famille puissent être présents à un simple mariage au bar. Ce n'était pas exactement ce que j'avais imaginé quand j'étais enfant, mais c'était parfait pour nous.

Des vœux simples scellèrent notre engagement l'un avec l'autre et un baiser sexy me fit rougir sur la scène. Comme je l'ai dit : parfait.

Avant de quitter l'autel, je m'éclaircis la gorge et demandai l'attention de tout le monde.

Le bras de Damien me tint près de son corps pendant que je faisais rapidement le petit discours que j'avais mémorisé pendant des jours. « D'abord, nous aimerions vous remercier d'être ici aujourd'hui. Damien et moi sommes vraiment chanceux d'avoir des gens aussi formidables dans nos vies pour nous soutenir pendant les périodes difficiles et les moments merveilleux comme celui-ci. »

Tout le monde applaudit et Damien embrassa ma

tête pendant que j'attendais une opportunité pour continuer.

« Et je veux que vous sachiez tous que ce bar a été une des meilleures décisions que Mitch et moi ayons prises. Nous avons adoré chaque minute que nous avons passée ici, mais, maintenant que nous avons fondé des familles, il est temps pour nous de passer le flambeau. »

Un murmure de questions remplit la pièce pendant un instant, mais il s'arrêta rapidement. « Même si nous resterons propriétaires, Knox et Allen géreront les opérations quotidiennes à partir de maintenant. Nous serons toujours là, mais je veux passer mes nuits avec mon mari et notre bébé pendant un moment. »

Knox et Allen étaient stupéfaits, mais personne d'autre dans la pièce ne semblait surpris par le choix de nos successeurs. Ces gars étaient toujours célibataires et prêts à prendre la responsabilité supplémentaire de gérer le bar.

« OK, assez parlé du travail. » Je me tournai vers le DJ et lui fis un clin d'œil. « Commençons à faire la fête ! »

Damien me souleva dans ses bras et me porta sur la piste de danse alors qu'un rythme électro sexy démarrait. Il n'était pas supposé me porter avec son poignet, mais il avait insisté en disant que j'étais assez léger. Je m'étais dit qu'il me restait encore un mois ou deux avant que cela change, alors j'avais laissé passer.

Alors que la musique résonnait dans les haut-parleurs, je la laissai couler en moi pendant que je dansais dans les bras de mon mari. Le voyage que nous avions fait pour arriver à ce moment ne ressemblait en rien au conte de fées que j'aurais pu imaginer, mais chaque moment était important. Chaque moment avait compté pour faire entrer Damien dans ma vie.

Et, alors que nous avancions en agrandissant notre famille, je savais que nous ne regretterions jamais la folie qui nous avait rapprochés. Nous ne nous rappellerions que l'amour que nous partagions maintenant.

Pour toujours.

DU MÊME AUTEUR

Découvrez l'histoire de Knox dans Omega Sec

Knox a porté un cœur plein de culpabilité et de regrets pendant plus d'une décennie. Quand l'homme qu'il aimait a été tué quelques mois après leur rencontre, il a fait le vœu de ne plus jamais aimer comme cela. La douleur était trop vive, mais cela l'a mené aux frères de Michael, Mitch et Justin. Il a travaillé pour eux comme videur au Fallen Nut pendant longtemps, en partageant leur volonté de protéger les oméga — comme il en a été incapable pour Michael.

Quand un mystérieux oméga emménage à Oak Grove et vient chercher du travail, Knox est intrigué. Mais quand cet oméga a un message de Michael, le monde de Knox est renversé. Pour toujours.

Omega Sec est une histoire de grossesse masculine douce et sexy à propos de deux hommes qui luttent pour s'ouvrir, mais qui trouvent finalement le bonheur qu'ils recherchaient. Cette histoire joliment emballée est pleine de chaleur nouée et de bébés mignons.

Commandez maintenant.

CPSIA information can be obtained
at www.ICGtesting.com
Printed in the USA
BVHW041715241022
650149BV00003B/197